「あなたが私を拾ったんです、
もうどこにも行きません」
「ああ、二度と離さん」

Contents

ワケあって、変装して学園に潜入しています

2

hensou shite gakuen ni
sennyuushiteimasu

第四章　後半
ワケあって、恋敵のメイドをしています

王城の最上階にあるサロンで騒ぎが起き、メイヴィスが〝あるもの〟の存在に気づいた頃。

バルコニーを飛び出したセシアは当然ながら真っ逆さまに落ちていた。

下は森だが、このスピードで落ちていては木々がクッションになってくれることは望めない。

しかし他に方法はなかったのだ。

セシアは空なんて飛べない。でもやるしかない。

涙目になりつつ恐怖に縮こまる気持ちを叱咤《しった》して、風の魔法を最大出力で地面に向けて放った。ぶわっ、と風の煽《あお》りを受けて落下から一転、僅《わず》かにセシアの体が上昇する。

しかしそれも僅かな間だけで、瞬く間にまた落下を始めた。

少しずつ魔法の威力を調節して同じことを繰り返し、体が風にバウンドすることを数回。飛び降りても大丈夫そうな高さまで降りてこられたところで、受け身を取りながら地面に落ちる。

「うぐっ！」

一瞬の衝撃の後、威力を殺しきれずセシアの体はごろごろと転がった。

しばらくじっとしていたが、痛みが引いてきたのでセシアは起き上がった。

「…………っ二度としない！　もう二度としない!!」

すごく怖かったから!!

大声で宣言して、涙目のままなんとか立ち上がる。

身体強化の魔法も同時にかけ最大限気をつけたので、四肢はいくつかの傷こそあるものの捥《も》げることなく無事だ。

利き腕からはだらだらと血が流れていたので、魔法で傷を塞《ふさ》いだ。これは治癒魔法ではないが、仕方がない。外傷を塞ぐことは出来るが、高等魔法にあたる治癒はセシアにはまだ出来ないのだ。他にも風でバウンドさせたせいであちこちに打身が出来ていそうだが、とりあえず動けるのでこちらは今は目を瞑《つむ》ることにする。

一歩、二歩とゆっくりと歩いてみた。歩くのに支障がないことを確かめつつ、セシアはなるべく急いでその場を離れる。

城からの追手が来るまでにどれぐらい猶予があるのか分からない。メイドのお仕着せであるエプロンを外し、一見地味なワンピース姿になったセシアは歩きながら魔法で髪の色と瞳の色を変えた。

ゆっくりと彼女の黒髪が、金へと染められていく。

「……こんなことなら、私も男性に変装出来るように魔法の熟練度を上げておくべきだったわ」

セシアは女性執行官として重宝《ちょうほう》されていたので、その女性という性別を隠したほうが有利な状況が来るとは思わなかったのだ。

付け焼刃で魔法が成功したとしても、動きなどに不自然が生じるだろうから今は髪と目の色を変える変装で我慢する。

方角を確かめながら森の中を進みつつ、セシアはこれからの対策を考えた。

城からの追手は城を始点に森の奥、それから当然城下街のほうへと向かっていくだろう。以前のセシアならば森を抜けて別の街に行くことを優先しただろうけれど、今は城に戻らなくてはならないので、城下街を目指す。

今はもう、あの頃のようになにも持っていない、帰るところのない捨て猫ではないからだ。

城にいる者は皆、アニタのことを疑ってはいない。マーカス達も含めて。

経理監査部二課の調査内容を課員は誰にも漏らしてはいないだろうけれど、第二王女の侍女長であるアニタが「王女の警護のために」とでも言って質問すれば、警備部などはよほどの理由がない限り警備に関することは教えてしまうだろう。

そう考えると、セシアが直接内通者の正体を二課に知らせるのは難しい。城内にいる二課の面々にコンタクトを取る過程で、アニタの情報網に引っかかってしまう可能性が高い。

バルコニーから逃げる時に出来る限りの手は打ってきたが、あれがアニタやジュリエットに見つかっていれば意味はなくなる。しかし、咄嗟《とっさ》に思いついた中では一番マシな手だったのだ。

あの状況での一番の悪手は、そのまま拘束されること。

アニタがジュリエットの内通者ならば、セシアの宿舎かどこかに罪をでっち上げる物証が見つかるように細工することなど、簡単なことだろう。

恐らくその場合、セシアは犯罪組織の内通者に仕立て上げられる。そしてその黒幕は誰が務めることになるのだろう。

ジュリエットはきっと、このチャンスを使って安全圏に引っ込もうとしている。マーカスや二課の面々はそれに騙《だま》されたりはしないだろうけれど、どれほど黒に近いグレーであろうとも確たる証拠もなく告発出来る相手ではない。なにせ相手は他国の王女だ。

「証拠。証拠かぁ……」

あれほど大胆にセシアに罪を擦《なす》りつけてみせたのだ、きっとジュリエットをどれほど探ってもエメロードにいるうちは証拠など出てこない。グウィルトに戻れば話は別だろうが、セシア達にはそこまで追跡して調べる権限も術もない。勝負は今、ジュリエットがこの国にいる間だけなのだ。

そしてジュリエットのほうも、内通者《アニタ》の正体をバラしてまでセシアを遠ざけようとしたのだから、目的がなんであれ、決行の時は近いということだ。

ここまで推測できているのだ。濡れ衣を着せられることを恐れて逃げ隠れするのは性に合わない。なにせセシアは、常に徹底抗戦を信条としているのだから。降りかかる火の粉は全力で振り払って、セシアを陥れた相手にお返しししなくてはならない。

攻撃は最大の防御だ！

「よし！」

セシアは森の中で一人闘志を燃やしていたが、あることを失念していた。

そもそもなぜジュリエットが、セシアにアニタの正体をバラしてまであんな騒ぎを起こしたのか。

アニタが内通者である以上、セシアがただのメイドではなくマーカスが指揮する経理監査部二課の執行官だということは知っていたはずだ。だとしたら、セシアがメイドに扮《ふん》しジュリエットに仕《つか》えているのが監視のためだということもバレていたのだろう。

だから、元からセシアを嫌っていたジュリエットが、邪魔な監視役を排除しようとしたのだと思い込んでしまった。

突然の出来事に体も心も疲弊していたセシアはすっかり見落としてしまっていたのだ。

ジュリエット・ラニ・グウィルトという女の、狡猾《こうかつ》さを。


時間は少し遡《さかのぼ》る。

ジュリエットがポットを床に叩きつけて盛大に割れた音と、ジュリエットの悲鳴が響いた時。隣室でロナルドのおしめを替えていた王太子妃イーディスは、驚いて隣室へと続く開口部を見遣《みや》った。

彼女達がいた部屋はサロンの隣にあり、普段ならば使用人達が待機したり次のお茶など必要なものを用意するための控えの間にあたる。その為、廊下へと続く扉はあるもののサロンへと続く部分に仕切りとしての扉はなく、豪奢《ごうしゃ》なカーテンが上から垂らされているだけだった。

あり得ないことだとは思うがサロンのほうでなにか危険な事態になっていると仮定すれば、

扉という隔たりのない控えの間は無防備に危険に晒《さら》されていることになる。

イーディスは母親の本能で、咄嗟に赤子の横たわる長椅子の前に立ちはだかり庇《かば》う姿勢を取った。しかしなにが起こったのかは想像もつかず、不安だけが募っていく。

そこでロナルドの傍《かたわ》らに膝をついて彼を見守っていたメイヴィスが、青褪《あおざ》める義姉を見かねて立ち上がった。

「お義姉様。わたくしが様子を見てきます」

「メイヴィス様、でも危険ですわ……」

イーディスは義妹の細い腕を摑んで止めた。けれどメイヴィスは、気丈にも首を横に振って微笑んでみせる。

「大丈夫です、向こうにはアニタもセシアもいますもの。セシアはああ見えて結構強いんですよ」

「でも……」

メイヴィスはイーディスの手を握って、ハッキリと頷《うなず》いた。

「大丈夫です。お義姉様はロニーとここで待っていてください」

「あ……では、せめてお前達、メイヴィス様と一緒に行って。必ずお守りしてちょうだい」

義妹のことが心配だったイーディスは護衛二人と侍女の一人に声をかけて、メイヴィスと共にサロンへと送り出したのだ。

そして、あの騒ぎが起こる。

しばらく隣室のほうに目をやり耳をすませていたイーディスは、ふと違和感を覚えた。

「ロナルド……？」

さっきまでぐずっていた息子が、今はピクリとも動かない。そう、まるで息が止まってしまったかのように――。

報《しら》せを受けてマーカスがロナルドの部屋に駆けつけた時、そこには様々な感情が渦巻《うずま》いていた。

悲しみ、憤《いきどお》り、疑問、混乱、後悔。

イーディスはずっと泣き続けていて、夫である王太子レナルドは恐ろしいぐらいの無表情で妻の背を撫でていた。護衛や侍女達はひたすら沈痛な様子で俯《うつむ》いている。

「ロナルドは」

マーカスが呟くと、レナルドが僅かに視線を向ける。そちらには天蓋《てんがい》のついた赤子用の小さなベッドがあり、マーカスは足が縺《もつ》れそうになりながらベッドに駆けより、その傍らに膝をついた。

そっと覆いを取って中を覗《のぞ》くと、まるで眠っているかのように赤子がそこに横たわっている。

小さな王子様。

マーカスはロナルドの小さな口元に手をやって、呼吸がないことを確かめた。それでも信じられなくて今度は胸に手を当てる。

「っ……」

喉を震わせて、マーカスは声にならない悲鳴を上げた。

ジュリエットの狙いはこれだったのか。

セシアがジュリエットを襲ったとして護衛に拘束されそうになり、バルコニーから逃亡したという報せ《しら》は勿論マーカスにいの一番で届いていた。

当然セシアの無実を確信している彼が、なぜジュリエットがそんなあからさまな罠《わな》にセシアを嵌め《は》たのか疑問に思ったのは一瞬、続いて知らされたロナルド殿下逝去の報にマーカスは沸き上がる怒りを抑えることが出来なかった。

相変わらず証拠はない。ジュリエットは常に誰かと一緒にいて、彼女が実行犯でないことは明らかだ。しかしなにもかもタイミングがよすぎる。

ジュリエットの策略だということは、この状況ではマーカスには疑いようもなかった。

少数での茶会、そこに暴れながら連れてこられた赤子、メイドが他国の賓客を襲ったという騒ぎ。かねてからの予定に偶然が組み合わさって出来た、一瞬の隙。

だが、それが偶然ではないとしたらどうだろう？

ロナルドがあの場に来ることが、仕組まれていたとしたら。

ジュリエットは、わざとあの場所にロナルドが来るようになんらかの細工をして、セシアを陥れるついでに、否、ロナルドを殺害するついでにセシアを陥れたのだ。

あの場面で恐らくイレギュラーだったのは、ロナルドを抱いて登場したマーカス自身。どんな手段でロナルドを殺害し、セシアを陥れたかは後で考えるとして、今はジュリエットの策の穴を見つけることが先決だ。

マーカスは、サロンでのことを何度も反芻《はんすう》する。

「……ロナルドは母親を求めて暴れたせいで、サロンに連れてこられた………」

マーカスは小さく呟いて、ロナルドの冷たくなった腕に触れる。

昼間、マーカスが抱いてサロンに連れていった温かな体は、今やなんの反応も返さない。しかし、その袖を捲って現れた柔らかな皮膚を見てマーカスは確信した。

赤子の腕には昼間あったはずの痣《あざ》が見当たらず、柔らかな皮膚はそのままだった。

いくら代謝が高かろうと、この短時間でぶつけた痣が治るとは考えられない。

「兄上」

「……どうした」

マーカスが声をかけると、普段は峻厳《しゅんげん》な様子の王太子もさすがに今は萎《しお》れた花のような風情《ふぜい》だった。我が子を失うという辛《つら》さを、マーカスはまだ理解出来る立場にいない。

けれど、その辛さを今振り払ってやることは出来そうだった。

「これはロナルドの遺体ではありません。うちの課員に、遺体を調べる許可を下さい」

マーカスの言葉に、レナルドは目を見開いた。

幸い似た事象を知っている者がおり速やかに調べた結果、やはりそれはロナルドの遺体ではなかった。

ではイーディス達が見ていた遺体はなんだったのか。驚いたことに、今はどの国でも禁術とされている方法――人骨から造り出される魔道具だったのだ。

本物の遺体そっくりに化けるそれを見分けることは困難だが、解呪自体はさほど準備のいるものではない。そのため今は必要な処置を施されて、魔道具本来の姿に戻っていた。

「この魔道具は使い切りで、一度誰かの遺体に化けさせたあとは二度と使えないそうです」

マーカスが言うと、レナルドは痛ましそうに目を細めた。

一度は我が子の遺体だと思ったものだ。騙された怒りはあるが、作り方を聞いてしまうとただ怒りをぶつけるだけではいられない。

「……使われた人骨が誰のものかは分からないのか」

レナルドはエメロードの貴族に多い、金の髪に青い瞳の精悍《せいかん》な男性。現国王によく似た、巌《いわお》のように強い印象の容姿と意志を持つ、マーカスの自慢の兄だ。

そんな彼が、こんなふうに戸惑った姿を見るのは初めてかもしれない。それほど、この事態は常軌を逸《いっ》していた。

「他の材料と混ざってしまっているので、誰のものかまでは……」

マーカスは目を伏せて言う。出来れば遺骨を正しい場所に返してやりたかったが、既に跡形もなく他のものと混ざり合った人骨を鑑定することは不可能だった。

「そうか。その……このために殺された……という可能性はあるのか」

レナルドが厳しい顔つきになって言う。

その可能性はゼロではない、とマーカスは思ったが、それももはや自分達にはどうしようもないことだったので、一番可能性が高いことを口にした。

「……この魔道具の存在を知っていた者の説明では、白骨化してある程度時間が経《た》ったものが使われることが多いそうです。恐らく……墓などから掘り起こされて利用されたのではないか、と」

「そうか……」

今回のことのために殺されたわけではない、ということは、全く事態を好転させてはくれない。事実遺骨を利用された、亡くなった人がいるのだ。

それでも、ほんの少しは慰めになった。

「……既《すで》にこの魔道具は役目を終えているということでいいのか」

「はい」

「では国の管理する墓地に丁重に埋葬しよう。悪《あ》しき思惑により、死後もこのように利用されたとあってはさぞ無念だろうが、せめて静かに眠れるように」

「……手配します」

マーカスが言うと、レナルドは頷く。

ロナルドの遺体でなかったからといって、手放しで喜ぶには方法が残酷すぎた。このような禁術を使う者を、エメロード国内で野放しにしておくわけにはいかない。

「ジュリエット王女が犯人だという証拠はないんだな」

「はい。ですが、犯人は彼女です。調査を続けさせてください」

マーカスの珍しく強引な言葉に、レナルドは弟の顔をじっと見る。

母親似の整った顔は僅かに緊張を孕《はら》み、それ以上に燃え盛るような怒りを湛《たた》えていた。

「……緊急議会を開く。そこで耄碌《もうろく》ジジイ共を頷かせてみせろ」

「必ず」

二人の王子は強い意志を抱いて互いに頷き合った。

数刻後、王太子と第二王子の連名で緊急に招集された議会の中で、マーカスは大演説をしていた。

絹の布に包まれた魔道具を手で指し示し、彼は周囲にいる者に説明する。

「……これは簡単に作ることの出来る魔道具ではありません。今回たまたまその存在を知っている者がうちの課員にいたので、見分けることが出来ましたが……そうでなければロナルドは失われたものとして葬儀を行っていたでしょう」

マーカスは沈痛な面持ちの中に、煮えたぎる怒りを押し込めて発言した。国王と王太子、国の重要な役職に就く者だけを招集した議会の場だ。

王太子妃であるイーディスは、マーカスの報告を聞いてあまりのことに倒れてしまった。だが息子が無事である可能性を見出し、自ら捜しにいくと言って聞かないところを、なんとか養生させているらしい。

嫋《たお》やかな貴婦人だと思っていた義姉の強い一面に、マーカスは彼女に対する尊敬の念を新たにした。母は強し、否、子のために強くあろうと己を奮《ふる》い立たせているのだろう。

その気持ちに応《こた》えるためにも、マーカスはこの場でジュリエットへの取り調べに関して議会の承認を得る必要があった。

これまでは犯罪組織を調査するという名目で各国の来賓にも監視の目を向けていただけだが、これからはグウィルトの王女に直接的に捜査の手を伸ばすことになる。今後どのように転ぶか分からない状況だ、エメロード国議会の承認は必ず得たかった。

「それで、ロナルド殿下は生きている、と？　なんの確証があるのです」

一人の年老いた大臣が発言すると、ピリ、と場が緊張した。レナルドが隠しきれない怒気を放ったのだ。普段から生真面目な兄に腹芸は出来ないとマーカスは心得ていたが、真っ直ぐな怒りはいっそ心地がいい。

なにせこの大臣は、最悪子供はまた作ればいい、と思っているのが透けて見えている。それよりも、第二王子というカードを切ってまで手に入れたグウィルトとの関税交渉の件をふいにしたくないのだ。

腹芸はマーカスのほうが兄よりも得意だ。もっと年を重ねれば、いつか自分もこの大臣と同じような考えを抱くようになってしまうのかもしれない。

けれど、今のマーカスはそれを心底嫌悪している。ああはなりたくない、と思っている。

そして素直に怒りを露《あらわ》にするレナルドに、マーカスは安心した。

国の未来は子供の未来だ。子供を大切にしない国に、未来はない。

「ロナルドが攫《さら》われた状況を鑑《かんが》みるに……正直、連れ去るよりも殺すほうが簡単です。それでも攫ったということは、生きているロナルドに利用価値がある、ということです。敵の目的はまだ不明ですが、わざわざ危険を冒し労力を割《さ》いてまで攫ったのですから、生かしている可能性のほうが高いと思いませんか」

朗々《ろうろう》とマーカスが説くと、大臣達はそれぞれの意見を口にしたり、他の面々を見遣ったりと纏《まと》まりなく狼狽《うろた》えた。

「それが、グウィルトのジュリエット王女の差し金だという証拠はあるのですか、マーカス殿下」

別の大臣に言われて、マーカスは口籠《くちごも》る。

証拠は、ない。だが、この期に及んでそれがそれほど重要だろうか。

皆、あまりにもグウィルトに遠慮しすぎてはいないだろうか。少なくとも、ジュリエットに話を聞く程度のことで国交に問題が出るほど軟弱な外交をしているのか。

「…………生後半年の次期王太子が危険に晒されているのです。それ以上に重要なことがありますか」

マーカスの翡翠《ひすい》色の瞳が冷たい炎を宿して燃える。

いつかマーカスも、彼らのような老獪《ろうかい》な狸《たぬき》になるのかもしれない。

個よりも国を重んじる考えを抱くのかもしれない。

だが、今はまだその時ではない。今は、熱く真摯《しんし》な怒りに身を焦《こ》がす青年であり、幼く可愛らしい赤子の叔父だ。

父親であるレナルドは、王太子という立場ゆえ思い切った発言も行動も許されない。

しかしマーカスは違う。気楽な、第二王子だ。

そして同時に、第二王子といえども権力と実力を兼ね備えた一国の王子であることに変わりない。これが彼の単なる思い込みによる我儘だったとしても、今は押し通させてもらう。

「なにもなかった場合は、喜んでこの首を差し出します。グウィルト側を強制捜査する許可を出していただきたい」

命を懸《か》けるならば、もっとも価値のあるシーンで。

それが彼の信条だった。

知られたらまたセシアに怒られて、ひょっとしたら泣かれてしまうかもな、と考える。

彼女に自分を大切にしろと叱られるのは、少し面映《おもは》ゆい。

セシアが泣く姿はまだ見たことがないが、それはきっととても美しいのだろう。

結果的に、マーカスは強引に議会の承認を得て正式にグウィルト王女ジュリエットを捜査する権限を得た。

ロナルドを見捨てる、という考えの持ち主が少数派であったのはせめてもの救いだろう。あとはどっちつかずの消極的な考えの者が数人。大概は睨《にら》みを利かす王太子の顔色を窺《うかが》った者の票だが、中には、グウィルトとの国交が険悪になったとしても王子を奪還すべく強気の姿勢で挑むべきだ、と発言した者もいた。

エメロードは資源が乏しく、港を使用しての他国との貿易で栄えている国だ。あちこちの国の顔色を窺うのが、既に習い性になってしまっているところがある。

やんちゃに動くのは第二王子の役目で、その後に視覚化された膿《うみ》を取り除くのは王太子の仕事になる。

面倒なことばかり兄に任せて申し訳ない気持ちと、その兄が息子の救出を自分に任せてくれたことへの責任感がマーカスの胸の中でマーブルを描き、それを燃料として自分を鼓舞して前に進む。

セシアがジュリエットに暴行しようとして失敗し城から逃走したという情報は、エメロード側の人間には下っ端使用人に至るまで、エメロード王城の中を恐ろしく早く流れた。

来賓の耳に入る前に早急な解決が望まれる。


「セシアが犯罪組織の内通者だなんて、あり得ません!!」

ドンッ！　と二課室の机を叩いてそうフェリクスは叫んだ。

どこをどう流れてそうなったのか、噂が人の口を経るうちに「一連の犯罪組織に情報を提供していたのはセシアだった」「それがバレそうになってジュリエットを襲った」だなんて、荒《こう》唐無稽《とうむけい》かつ根も葉もない内容に成り果てていた。

二課と警備部との合同会議で「採用の際にセシアの素行調査は完璧だったのか」と聞かれて二課の面々は面食らう。議会の承認を得たことにより警備部との連携が取れるようになったのはありがたいが、まずセシアを疑ってかかっていることには閉口した。

「彼女はやたらと事件に巻き込まれていたが、内通者だったならばそれにも説明がつく」

警備部の責任者のほうはむしろ冷静で、セシアの挙動におかしな点はなかったのか、と再度二課の面々に訊《たず》ねた。

「確かにセシアは間が悪いし、一応考えてるけどその考えが浅いところはありますが」

「フェリクスさん、それ悪口です」

ロイに控えめに指摘され、フェリクスは一旦口を閉じた。が、またすぐに開く。

「とにかく、あいつは正義感の強い人間です！　国を裏切って、他国と内通するなんて汚い真似、出来るわけありません」

ハッキリと言い切るが、警備部の責任者は食い下がる。

「……ですが、ジュリエット王女に暴行を加えようとしたのは、アニタの証言からも明らかです。内通者でなかったとしても、日頃メイドとして辛く当たられていてその腹いせに……という可能性はありませんか」

あのセシアのことだ。ない、とは言い切れない、とフェリクスは思う。

先ほどと違い視線を泳がせるフェリクスを見て、マーカスが「ふっ」と笑い声を漏らす。

「殿下」

レインが聞き咎めたように言うと、マーカスは悪びれた様子もなく首を横に振る。

「セシアは、俺の命令でジュリエット王女のメイドとして潜入していた。その職務を忘れ、私情で暴行に及ぼうと考える愚かな者は、俺の部下にはいない。見くびらないでもらおうか」

静かな声だったが、心なしか部屋の温度が下がったかのようにフェリクスには感じられた。

警備部の責任者も額に汗を浮かべてはいたが、それでもなんとか取り繕って捨て台詞のように言ってのけた。

「……なにか理由があるにせよ、証言がある以上セシアの素性は調べさせていただきます！」

その言葉に、マーカスが鷹揚《おうよう》に頷いた。徹頭徹尾、頭の固い警備部には彼らなりのやり方がある。それでは迅速に動けないから、マーカスは経理監査部二課などというものを作ったのだ。

しかし、ひとたび動くことを決めた警備部の働きには、目を見張るものがある。今回のように大きな相手とやり合う時は、地盤のしっかりした石頭軍団はとても有効だった。

細かい打ち合わせを済ませ、どやどやと警備部が帰ったあとの二課室には沈黙が落ちた。

セシアの過去を調査していい、だなんて許可してよかったのだろうか、と彼女の過去を知るクリスは考える。勿論、セリーヌの代わりに学園に通っていたことは記録には残っていないだろうが、物事には絶対、ということはないのだ。

あの様子では、警備部はセシアの粗《あら》を血眼《ちまなこ》になって探すだろう。

クリスは一抹の不安を覚えつつも、今はそれを気にしている余裕がないことに焦躁《しょうそう》を募らせた。

「殿下、我々もセシアを探しに行ったほうがよいのでは？」

キースが言うと、マーカスが返事をする前にレインが口を開く。

「ジュリエット王女の監視を怠《おこた》るわけにはいかない。監視役のセシアを罠にかけたということ自体が、彼女が犯罪組織と繋がっている証拠だ。問題は、どうやって罠にかけたのか現時点で分かっていないことだ」

厳しい意見にセシアと親しいフェリクスやロイは眉を顰《ひそ》めたが、実際警備部が彼女のことを捜しているのだから、二課までそこに人員を費《つい》やすことは無駄とも言える。警備部よりも早くセシアを見つけられたとしても、ひとまず事情を聞くために出頭させるしかないからだ。

部屋に再び、なんとも重い沈黙が落ちる。

と、そこで二課室にノックの音が響く。

資料室の一角にデスクを置いたり間仕切り壁を作って無理矢理職場にしているこの部屋に、訪れる人は珍しい。僅かに緊張が走る中、ロイが扉を開ける。

そうして顔をのぞかせた意外な人物に皆、目を見張った。

マーカスの低い声が彼女の名を呼ぶ。

「……メイ」

地味なドレスを身に纏ってはいても、その燃えるような赤毛は人の目を引きつける。

第二王女メイヴィスが、布に包まれたなにかを持って、そこに立っていた。

「お兄様。お話があります」

「メイ、一人で来たのか？　こんな端まで」

マーカスはメイヴィスに部屋の中へ入るように促す。

二課室は資料室なので、城の端にある。

王女である彼女に害を為す者がこのエメロードの城内にいるとは思いたくないが、今は他国からの来賓も多い。まして今は非常事態であり、危険だ。

「お兄様。今城内で大変なことが起こっているのは、わたくしにも分かりますわ」

メイヴィスが真っ直ぐ見上げてくる。

そしてそのまま、抱えていた包みを取り出した。

クリスが一旦それを受け取り、皆の前で開く。中にはごく普通のポットが入っていて、それを見た者は首を傾げた。

「殿下、これは一体……」

レインが不思議そうに訊ねながらポットに触れようとすると、メイヴィスの鋭い声が飛んだ。

「触ってはダメ！」

ピタリ、とレインの手が止まった。それを見て、マーカスはピンと来る。

「……ジュリエット王女が襲われた際に使われたポットか」

「はい」

メイヴィスが真剣な表情で頷くと、今度はキースが驚いて口を開いた。

「割れたのでは？」

「セシアがバルコニーから飛び降りる前に、巻き戻しの魔法をかけていったの。……高等魔法とはいえ外から放てばあのサロンの中で魔法が発動するなんて、警備の穴だわ」

メイヴィスは王女らしい難しい顔でそう言い、首を横に振る。

「それにしても、凶器のポットの破片がなくなっていては怪しまれたでしょう。よく持ち出せましたね」

レインの言葉に、メイヴィスは申し訳なさそうに視線を下げた。

「……咄嗟に、揃いのカップ達をテーブルクロスを引っ張って落として割ったの。捜査の邪魔をしてしまった罰は後で……真相が明らかになってからきちんと受けるわ」

「王女殿下……」

皆の視線はメイヴィスを咎めるものではなく、なぜ彼女がそこまでするのか疑問に思ってのものだった。

ポットが元に戻っていれば、護衛の者が捜査担当者に渡してくれただろう。わざわざ王女であるメイヴィスが証拠品を持ち出す理由はない。

メイヴィスの真っ直ぐな視線が、黙ったままのマーカスを見据える。

「わたくしは真実が知りたいのですわ、お兄様」

「……知ることで、お前が傷ついてもか？」

まるで怒りを抑えているかのような声になってしまった。だがそれは、妹が傷つくことを悔しく感じてのものだった。

しかしメイヴィスは毅然《きぜん》として頷いた。

「わたくしはこの国の王女です。今、この国に起こっていることを知る義務があります」

痛ましさに目を細める自分の手を、嫋やかで小さな手が握る。この手を、この小さな妹を守るのが兄の務めだとマーカスはずっと思っていた。

だが、今の彼女の、なんと強いことだろう。

「大丈夫ですわ、お兄様。お兄様が今まで大切に守ってきてくださったから、わたくしは強くなれたのですもの」

握られた手は、温かい。マーカスは妹の、自分と同じ色の瞳を見つめて心を決めた。

「ロイ、痕跡を辿ってくれ」

「承知しました」

すぐにロイが進み出る。

ロイは、類稀《たぐいまれ》な魔法の才能を持っている。セシア同様マーカスがスカウトしてきた人材で、荒事に向かなさそうな小柄な体躯《たいく》ながら経理監査部二課に所属しているのは、その魔法の能力を買われたからだった。

ロナルドに扮していた魔道具を見抜き、擬態を解いたのもロイだ。古今東西あらゆる魔法に関する知識欲を有し、給料はすべて専門書を取り扱う王都の本屋につぎ込む魔法オタク。おかげで、彼が地位ある辺境伯の子息だと気付く人は稀だった。

ちなみにロイはセシアの魔法の師匠でもあり、セシアが妙に高等魔法に詳しいのは彼の趣味のせいだ。

魔法の出力調整が抜群《ばつぐん》に上手いセシアに高等魔法のコツを教えて、さして魔力の多くない者でも高等魔法を使いこなすことが可能だということを証明し、論文まで書いていた。

ロイがポットに手をかざすと、やがて金の粒子がポットの持ち手に集まり、最後に触れた者の手が痕跡として浮かび上がる。そこに既に用意しておいたジュリエットの手の痕跡を重ね合わせると、ぴったりと一致した。

「ロイ」

レインが呼びかけ、ロイは頷く。

「ジュリエット王女の痕跡と一致しました。このポットを最後に持ったのはジュリエット王女です！」

ロイが断言すると、場の空気が緊張しメイヴィスが口元を手で覆う。

しかし、フェリクスが眉を顰めて言う。

「でもこれって、セシアじゃなくジュリエット王女がポットに最後に触った、という証明が出来ただけですよね？　セシアの無実を証明するには弱くないですか」

「馬鹿、これで証明したかったのは、セシアが嘘をついていなかった、ということだけだ」

キースが恐ろしいほど暗く真面目な顔で言う。危機にあっても、いつも飄々《ひょうひょう》とした姿勢を崩さない彼としては珍しい姿だ。

「……それって」

言ってフェリクスが、青褪めて口元に手を当てたままのメイヴィスを気遣わしげに見遣った。

だがメイヴィスは、唇を絶望に戦慄《わなな》かせながらも毅然と断言した。

「誰が嘘をついているのか、これでハッキリしましたわね」

ポットをマーカスに提出した時点で、覚悟をしていたのだろう。メイヴィスの翡翠色の瞳は潤んでいたが、涙を流すまいと耐えていた。

マーカスが言葉を見つけられないでいると、レインが先に口を開いた。

「ジュリエット王女がわざとポットを落としたのならば、セシアがなにもしていない、というのが真実。あの場にいた者で嘘をついていたのはジュリエット王女ともう一人、彼女の証言を裏付ける証言をした……」

「アニタ。わたくしの侍女長……」

そこで、耐えきれなかった涙が一粒、ぽろりと床に落ちた。

マーカスが黙ってメイヴィスを抱き寄せると、静かに啜《すす》り泣く声が聞こえた。

メイヴィスは、マーカスや二課が追っていることの内容を正確には知らない。ジュリエットが、自分を誘拐した組織の黒幕だとは知らないのだ。

だが、アニタがセシアを陥れたことだけは分かった。それがとても悲しかったのだ。

しばらくして、泣き止んだメイヴィスは二課の面々に向かって願いを口にした。

「どうか、真実を明らかにして。それが、アニタを救うことになると思うの」

彼女の言葉にレインは眉を寄せたが、マーカスは頷いた。

クリスがメイヴィスを部屋の隅のソファに導き、温かいお茶を淹《い》れる。少し離れた打ち合わせ用のテーブルで、二課の面々は再び顔を突き合わせた。

「アニタさんが……確かに王女の侍女長ならば、ある程度の情報は手に入りますね」

ロイが悲しそうにそう呟く。ロイ自身は直接アニタとの関わりはなかったが、セシアに淑女教育をしていたアニタに、同じくセシアに教える身として、一方的に親近感を持っていた。

「ですが彼女がグウィルトの王女に情報を渡すメリットはなんなんでしょう？」

フェリクスが言うと、他の面々も首をひねる。

内通者を探るにあたっては、国内の有力者かつグウィルトに情報を渡すことによって利益を得られる立場の者にばかり目を向けていた。アニタの立場は、言われてみれば確かに内通者に適任かもしれないが、動機が分からない。

「とはいえ、これからどうします」

キースが言って、レインがマーカスを見る。

「……秘密裏にアニタを拘束して、話を聞きましょうか」

この場合の「話を聞く」というのは、アニタを拷問にかけるという意味である。フェリクスとロイが青褪めるが、レインは涼しい顔をしている。

レインはマーカスに忠誠を捧げている元傭兵で、マーカスのためならば手段を選ばない。

しかしマーカスは首を横に振った。

「アニタが内通者であることに我々が気付いたとジュリエットが知れば、早々にグウィルトに帰国してしまうだろう。彼女は王の名代《みょうだい》で来ている体《てい》だが、使節団メンバーとして外交官も抜かりなく連れてきていたので、体調が悪くなっただのなんだのと言われてしまえば、こちらに引き留める手段はない」

そう、ジュリエットを捕まえるチャンスは、彼女がエメロードにいる今だけ。

国外に逃げられてしまっては、これまでの犯罪組織の頭目達同様、否、それ以上に、外国の王女である彼女を捕らえることは難しくなる。

「殿下、それでは我々はどうすれば……」

フェリクスが悔しそうに言うが、むしろマーカスには光明《こうみょう》が見えていた。

「ジュリエットは用心深く、用意周到。此度《こたび》のエメロード訪問に際して、自分が犯罪組織につながる証拠は一切持ってきていないだろう」

上司がなにを言いたいのか推し量るような顔で面々が頷く。

「だが、ずっとこの国にいるアニタのほうはどうだ？」

皆ハッと顔を上げた。

「アニタはずっとエメロード国内にいた、そして我々の動きを探り犯罪組織にその情報を流していた。その証拠を見つけられないとは……言わせない」

マーカスがハッキリと言うと、皆頭を垂れた。

「御意《ぎょい》」


マーカス達が内通者の正体を知り秘密裏に捜査を進めていた頃、逃走中のセシアは一軒の屋敷に潜伏《せんぷく》していた。

ここはメイヴィスを助けた褒賞としてセシアに下賜《かし》されるべく、クリスがピックアップしてくれた屋敷の一つだった。予《あらかじ》め内見用に場所や間取りを聞いておいてよかった。裏口の鍵は壊してしまったが、後できちんと弁償するので許して欲しい。

確実に空き家であり、王家の仮所有であるため、誰かが勝手に住みついている心配もない場所。

そして今回の件に関係していて、セシアにそんな話が持ち上がっていることを詳しく知っているのはマーカスとクリスだけだ。

勿論、空き家である以上そのうち捜索対象として警備部が探しに来るとは思うが、まだ猶予があるはずだ。

元より、セシアはどこかへ逃げるつもりはない。王城に戻り、ジュリエットをぎゃふんと言わせ、アニタの罪を暴かなければならない。

そのために大切な人が悲しんだとしても、真実を知らないよりはマシだろう。

セシアの脳裏に、最後に見たメイヴィスの悲壮な表情が蘇《よみがえ》る。

アニタを糾弾《きゅうだん》するセシアを、メイヴィスは許さないかもしれない。

しかし、メイヴィスならば真実を受け入れる強さを持っているはずだ、とセシアは思う。セシアは、メイヴィスを信じている。たとえ、許されなかったとしても。

腕の傷は魔法で一時的に塞いだものの、完全に治癒しているわけではないので動きに支障がある。触れると熱があるし、引き攣《つ》れるような感触があり普段通りの動きは出来そうになかった。

せめて、と屋敷内の家具にかけられていた布を苦労して細長く裂き、包帯代わりに腕に巻きつけてみる。患部を塞いでいるので、清潔な布かどうかを気にしなくていいのは助かった。

さあ、問題はどうやって城に戻るかだ。

セシアの変装魔法ではせいぜいが髪色と目の色を変える程度。多くの賓客を迎え厳戒態勢が敷かれている今の城に、素性を隠して入り込むのは至難《しなん》の業《わざ》だろう。

だからと言って、素性を明らかにすればそのまま牢屋行きだ。

経理監査部二課の誰かが迎えに来てくれれば話は別だが、迂闊《うかつ》に彼らと接触して、彼らまで共犯と疑われては困る。

「わりと詰んでる？」

小さく呟いて、セシアは首を大きく横に振った。

諦めない。諦めてたまるものか。

誘拐された時のメイヴィスの心細そうな様子や、切れ切れに助けてと言った時のアクトン侯爵令嬢エイミーの姿を思い出す。

ジュリエットがどういう魂胆《こんたん》でこの国に犯罪組織を展開させていたのか、セシアはまだ知らない。彼女自身が望んでそうしているのか、もしくは更に誰かが背後にいてその者に操《あやつ》られているのかどうかも、まだ分からない。

でも、間違いなく今回のことは彼女がセシアを陥れようとして行ったことであり、アニタを使ったのもジュリエットだ。

だとしたら、セシアがぶっ飛ばす対象はジュリエットで間違いない。

あのお綺麗《きれい》で高慢な顔に一発ぶちかましてやるまでは、死んでも諦めない。

セシアはわざと、強い言葉で己を鼓舞する。

「……いっそ強行突破するか」

「あらやだ、物騒なお話してるわね」

独り言に返事が返ってきて、セシアは飛び上がるほど驚いた。

だが、聞き慣れた声だと気づき、すぐに警戒を解いて振り向く。セシアが王家預かりの空き屋敷に潜伏してる可能性を、マーカスとクリス以外ですぐに思いつける人物が、もう一人だけいた。

「マリア！」

セシアが名を呼ぶと、マリアは被《かぶ》っていたフードを脱いで、燃えるような真っ赤な長い髪を露《あらわ》にする。そしてにっこりと微笑んで完璧なウインクをした。

「セシア、大丈夫？」

床に行儀悪く座るセシアの前に膝をついたマリアは、一通りセシアの身体を見てから、腕に視線を落とす。

「怪我をしてるの？」

「……よく分かるわね」

「庇ってるもの。見せて」

巻いたばかりの急拵《きゅうごしら》えの包帯を解いて、マリアの指がセシアの腕に触れる。爪には珍しくなにも塗っておらず、化粧も薄い。

「今日、地味だね」

「潜伏している指名手配犯に会いに来てるんだから当然でしょ、私は状況に合わせているだけよ」

ツン、と珍しく不機嫌そうに言われて、セシアは目を丸くする。いつものマリアはマーカスの悪童成分が多く表面に出ていて、どこか飄々としているのに。

「なんか怒ってる？」

「あなたには怒ってないわ」

「……誰に向かって怒ってるの？　ジュリエット？」

セシアが訊ねると、顔を上げたマリアは想像以上に険しい顔をしていた。

「自分に」

マリアの白い手の平が、セシアの腕の患部の上を触れるか触れないかぐらいの距離で撫でていく。ふわっ、と温かい心地がして、見た目はなにも変わらないのに、セシアの腕は楽になった。治癒魔法だ。

「……痛みが引いた」

「傷を塞ぐのが有効なのは、もっと軽傷の時だけよ。今回の怪我の場合、薄皮一枚塞いだところで、血が外に出ないという以外のメリットはないわ」

マリアが厳しい声で言うので、セシアは不貞腐《ふてくさ》れる。

「分かってるけど……他に手段がなかったんだもの」

「訓練不足ね」

「自覚してる」

しゅん、としてセシアが視線を落とすと、マリアの姿が足元から変わっていく。彼女の姿は霧のように揺らぎ、それが晴れたと思うとセシアのすぐそばにはマーカスがいた。

「殿下っ」

こんなところにいるのがバレたらまずいのでは、と焦るセシアをマーカスは抱き寄せた。

「お前は……！　まだ訓練不足な点がたくさんあるのになぜ一人で逃げた！　こんな傷まで作って、治療が遅ければ壊死《えし》する可能性だってあるんだぞ」

突然切羽詰《せっぱつ》まった様子で言われて、腕の力強さや温かさにセシアは目を白黒させる。

「殿下……」

「そんなに俺が信用出来ないか？　お前が拘束されたとしても、なんとしてでも助け出すのに」

「……あの場では、それしか思いつかなかったんです。殿下を信用していなかったわけじゃありません、誰かの……殿下の助けを待つより、逃げて機会を窺ったほうがあなたの足を引っ張らない、役に立てると思ったんです」

セシアが言うと、マーカスは顔を顰める。

「役になんて立たなくてもいい。足を引っ張ってもいいんだ……俺は、お前を守りたい」

そう言われて、セシアの頬が朱に染まる。これではまるで熱烈に口説かれているかのようだ。

だが違うのだろう。彼は責任感が強いから、部下が窮地に陥った時に助けられなかった自分を責めているだけなのだ。

「大丈夫です、殿下。私はあなたに見出された執行官ですよ？　必ずやジュリエットの悪事を……」

「違う」

ぎゅう、と強く抱きしめられて、セシアは息を呑《の》んだ。

「無事でよかった……」

マーカスの絞り出すような声が耳に届き、途端《とたん》セシアの瞳が潤む。その事実にセシア自身が驚き、狼狽えた。

なんの衒《てら》いもなく、ただセシアの無事を噛みしめるような声。抱きしめる腕の力の強さから、どれほど切実に心配してくれたかが伝わってくる。

セシアは、怖かったのだ。

ジュリエットがセシアに濡れ衣を着せて騒いだ時、見慣れたはずの城の護衛兵達が皆敵に見えた。メイヴィスは信じられない、という表情をしてはいたが、セシアのほうを信じていいのか迷いも見えた。

あの状況では当然のことだったとしても、単純に悲しく、怖かった。

執行官として王城に仕えるようになってからこれまで、セシアは深く考えることなく自分の思う正義を信じて行動してきた。

人が困っていたら助けるのは当然。嘘はつかない。正しい行いが、正しい結果をもたらすのだと疑っていなかった。

なのにあの時、セシアは一人だった。

森に落ちた時、最初は、すぐに城に戻って内通者の正体とジュリエットの企《たくら》みを伝えなければ、と思った。

でもふと、誰も信じてくれないかもしれない、と不安が過《よぎ》った。

苦労して城に戻っても誰もセシアの言葉を信じてはくれず、すぐに牢屋に入れられてしまうのではないか、と怖くなったのだ。

何者にも屈しないつもりでここまで生きてきた。なぜならセシアは一人で、セシアを守るのはセシアしかいなかったからだ。

だとしたら、誰も信じられない城に戻って、わざわざ内通者のことを告げる必要があるのだろうか?

いいや、セシアはもう一人じゃない、戻らないと、今は執行官としての責任がある。

そう考える端から、でも誰も信じてくれなかったじゃないか、という声が付き纏った。

不安は迷いを生み、恐怖を連れてきてセシアの心を弱くする。弱った心は、セシアに迷子のような寄る辺なさを植えつけ、立っている場所をあやふやにさせた。

なんのために戦うのか、分からなくなっていった。

なのにどうだろう。

マーカスの腕の中は温かい。力強く抱きしめられると、触れたところからセシアの輪郭《りんかく》がハッキリとしてくるようだった。

彼の腕の中にセシアは確かにいて、今までもこれからも自分でしっかりと立っているのだと教えてくれる。

セシアのことを微塵《みじん》も疑わず、信じてくれる人。一人でも平気なのに、セシアを心配してくれる人。

思えばいつも、マーカスはセシアの道標《みちしるべ》だった。

セシアがピンチになると絶対に助けてくれるし、困難な状況になったらさりげなく解決策を教えてくれた。王城に仕えるようになってからも、暮らしはどうか、仕事はどうか、無理はしていないかとマーカスが、マリアが、訊いてくれた。ちょっとお節介だな、と思った時もあったが、本当は嬉しかった。

そんなふうにセシアを大切にしてくれた人は、今までいなかったから。

そんな人は、他にいなかったから。

そう思うと、もう止められなかった。

「……好きです」

言葉と共に、セシアの瞳にまた涙が溢れた。

マーカスは驚いたように、抱きしめていたセシアの体を離し、見つめてくる。

「なに、を……」

「……言うべきじゃないのは分かっています。どうかしてほしいわけでも、ないです」

一度セシアが瞬くと、涙が目じりから零れて頬を伝った。翡翠色の瞳が、その軌跡を視線で追っている。

「セシア」

「王子様に恋心を告げる愚かさは重々承知です。それでも、伝えておきたかったんです」

涙を零しながら彼を真っ直ぐに見つめて、セシアは嬉しそうに微笑んだ。

「私、あなたのことが好きです。マーカス殿下。ずっと前から、そしてこれからもずっと」

結果なんていらない。セシアはただここに一人立っている。想いを告げるのだって自由だ。

「あなたのことを好きになれて、とても幸せです」

ただ、幸せだと伝えたかった。マーカス。彼に会えて、彼を愛することが出来ただけで、セシアは今とても幸福だった。

「……それを、伝えたかったんです」

セシアがそっと体を退こうとしたところで、マーカスが彼女の腕を掴んだ。

「殿下？」

驚いてセシアが彼を見上げると、マーカスは目を伏せ、なんとも言えない顔をしていた。なにかに耐えるような、叫びだしたいのを堪えているかのような。自分が笑いたいのか泣きたいのか分からなくて、セシアは自分の腕を掴んだままのマーカスの手にそっと触れた。

「……こんな時になにを言ってるんだとお怒りの気持ちも分かります。この件が終わったら、私のことを解雇してくださって構いません」

「違う」

マーカスは非常に珍しいことに、なにかを言い淀んでいるようだった。

「え……では、部下が突然こんなことを言ってご迷惑を……」

「悪い、それも違う。待ってくれ」

「大丈夫です、なにも望んでいませんから」

「いや、違う、そうじゃない。頼むから、少し待て」

セシアの言葉を、マーカスが言葉を被せるようにして止める。焦ったような物言いに、彼女は目を瞬いた。

「はい……？」

告白なんて生まれて初めてしたし、なんなら恋心を抱いたのだって彼が初めてなのだ。

伝えずにいるほうが苦しかったから告げたものの、ここで冷静になる時間を設《もう》けられてしまうと、叫びだしたいぐらい恥ずかしい。

告げた時のスッキリとした気持ちと多幸感が引くと、代わりに羞恥がじわじわと背を這い上がってくる。

またゆるゆる顔が赤くなってきた自覚のあるセシアはマーカスから距離を取りたいのだが、未だに手が掴まれたままなので動くこともままならない。

迂闊に動けば、今は伏せられている翡翠色の目がこちらを向いて、赤面していることがバレてしまうだろう。

「…………腕を、離してもらうことは……？」

「悪いが出来ない」

即答が返ってきて、セシアは唇をへの字に曲げる。

待て、離せない、でもだんまり。仮にも告白してきた相手に対して、これはあんまりではないだろうか。

ついムッとして、セシアが自分の腕を取り返そうと引くと、やんわりと押し止められる。なにがどうなっているのかセシアが腕を痛めないように、けれど腕を引かないように絶妙な力加減で対抗してくるのだ。

こんな場面で謎に器用なところを発揮しないで欲しい、と思いつつ彼女はマーカスの伏せられた顔を窺う。そういえば、こんなに攻防しているのになぜか顔は伏せたままだ。

自分の赤面が見られていないことにばかり安堵していたが、これはちょっとおかしな状況じゃないか？

「殿下？」

「……なんだ」

「顔を上げてください」

「断る」

また即答が返ってきてすぐ、セシアはマーカスの顎《あご》に手をかけて無理矢理顔を上げさせた。

本気で抵抗すれば抗《あらが》えたのだろうが、彼のほうでも、もう隠し通すことは諦めていたのだろう。

果たして露になった整った顔は、セシアがポカンとしてしまうほど見事に朱に染まっていた。

「………だから上げたくなかったんだ」

マーカスが不貞腐れて言うと、セシアは呆然《ぼうぜん》と呟いた。

「殿下の赤面、色っぽいですねぇ」

「第一声がそれか……！」

マーカスがそう言って破顔する。セシアもなんだか笑ってしまった。

空き家で、二人して赤面しながら笑う。実に奇妙な光景だが、なんとなく自分達らしいようにも感じた。

触れたところから気持ちが伝わる、なんてロマンチックな現象は起きなかったけれど、さすがにここまであからさまに赤面されては、セシアにも意味は伝わってくる。

「……言えないんですね」

「…………ああ……悪い」

「いえ……なんか、ああ、殿下だなぁ、って思っちゃった時点で許してるみたいです、私」

返事を返さないこと。返せない、こと。

マーカスは王子で、そして現在婚約者がいる身だ。その相手がジュリエットであろうとも、婚約者がいる事実は変わらない。

そんな状態でセシアに自分の想いを伝えるのは不誠実だと、彼はそう考えているのだ。全くこんな時だけは頑固で融通の利かない、仕方のない男だと思う。

相手が彼じゃなければ、セシアだって怒って空いてるほうの手で相手の頬の一つも張ってやるところなのに。

「……これが惚れた弱みってやつなんですかね」

仕方がないのだ、そんなところも含めてマーカス・エメロードという男のことが好きなのだから。

「この件が終わったら……必ず俺からお前に告げるから、どうか……待っていて欲しい」

両手でぎゅっ、と手を握られてセシアはふにゃりと笑う。大きな手が温かい。

「……それでも、難しいことは分かっています」

「いい加減なことを、俺は言えない。でも、なにもかも諦める必要はないはずだ」

たとえ今回の件が上手く収束して、ジュリエットとマーカスの婚約が破談になったとしても、マーカスとセシアでは身分が違いすぎる。

気持ちだけでどうにか出来るものではないことぐらい、セシアにだって分かる。

今、こうして手を握ってくれているマーカスが、セシアの恋の全てだ。

もう十分に返してもらった。

これ以上は、マーカスの王子としての立場を損なわせることになる。

「……分かりました、待っています」

だからセシアは嘘をついた。すぐに自分のことを犠牲にしようとする、優しくて大好きなセシアの王子様。

彼を守るために、今この瞬間を永遠に抱きしめて恋を封印することぐらい出来るはずだ。やってみせる。

マーカスは王子としての自分に誇りを持っていて、そんな彼を王族も国民も誇らしく思っている。そんな彼の生き方を曲げさせるわけにはいかない。

「そのために、早くこの件を片付けましょう！」

マーカスに握られた手が、心なしか先ほどよりも熱い。セシアは、まるで心まで温かなものに包み込まれるような不思議な心地がした。

「……そうだな」

彼はそう言って、翡翠色の瞳を柔らかく細めた。

この件が終わった時には、ただの平民であるセシアはもう彼のそばにはいられないけれど、この美しい瞳をよく覚えておこうと、心に刻み込んだ。

セシアの涙が引き、赤みが残っていないことをマーカスが確かめる。

「冷やすか？」

「これぐらいなら大丈夫ですよ」

なんとなくお互い照れくさくて、短い言葉で会話を交わす。

いつの間にか夜が更けてしまった。

今から下手に動くよりも情報をしっかり共有して体を休めたほうがいいと判断した二人は、入口が見える場所にそれぞれ少し距離を取って座った。そしてマーカスはセシアがバルコニーから飛び降りてからのことを詳しく説明してくれた。

話がロナルドの遺体が見つかった段になるとセシアは青褪めたが、魔道具とすり替わっていたと種明かしされて、そのすり替えのための目眩《めくら》ましに自分が使われたのだと納得する。

それでは、バルコニーから逃走したセシアはさぞかしジュリエットの役に立ってしまったことだろうと歯噛みする。

しかもあのあと、案の定セシアの部屋からは給料以上の値打ちのある宝飾品などが発見され、ジュリエットを襲うために誰かに金で雇われた、という推論が警備部では立てられていた。

つまりセシアが逃げても捕まっても、ジュリエットには好都合だったのだ。

「悪知恵の働く女……！」

悔しくて、セシアは拳《こぶし》を握りしめる。

赤子を誘拐したことも、セシアを陥れたことも許せない。

「……それで殿下、内通者の件なんですが」

「ああ、お前が巻き戻したポットをメイが持ってきてくれたので、正体が分かった」

「！　メイ様が……。それは、とても……勇敢な決断をなさったのですね」

セシアはメイヴィスを思って唇を噛む。だが、マーカスの声は力強かった。

「ああ、エメロードの王族として立派に務めを果たした」

「……殿下は少し……メイ様に対して兄馬鹿ですね」

ふ、とセシアは笑う。彼がこんな言い方をするのだから、メイヴィスは大丈夫なのだろう。

大好きな侍女長を告発することになったとしても、メイヴィスは強い人だ。己の信念を曲げることなく、正しい行いをしたのだ。

「しかし、凶器のポットを元に戻すとは……大胆な考えだったな。ジュリエットやアニタが最初に見つけたならどうなっていたことやら」

「あの場にジュリエットの息のかかった者がどれだけいるのか分かりませんでしたが、他にマシな手が思いつきませんでしたし、証拠品なので捜査の人の手に渡る可能性があれば、と思ったのですが……メイ様が最初に見つけてくださって幸運でした」

セシアがホッとして言うと、マーカスも頷いた。

「実際ロナルドの乳母の一人が、アニタの推薦で雇われた者だった。取り調べたところ、わざとロナルドの機嫌を悪くさせてあの茶会の場へ連れていく口実を作ったそうだ。ただ、彼女はアニタに指示されただけで、ジュリエットに加担していた自覚はなかったと言っている」

そこで彼は一つ息をつき、目を伏せる。長い睫《まつげ》毛の先が、外からの僅かな光で影を作った。

「……とはいえ厳罰は免《まぬか》れんがな」

「そう……ですよね……。人を、ロナルド殿下の乳母として潜入させることが出来るなんて、アニタさんって本当に王城で信頼されてるんですね……」

メイヴィスがポットを二課に持っていってくれたからこそアニタが内通者だと皆理解出来たが、襲撃事件を捜査する者があのポットを見てジュリエットが最後に持ったと知ったとしても、内通者がアニタだという考えに至ったかどうか怪しい。

「そうだな……アニタは五年前に立派な経歴書と紹介状を持って現れ、王城で侍女として雇われたあとは、優秀さと勤勉さでどんどん出世していったそうだ」

「でも侍女って本来貴族のお嬢様とかが務めますよね」

五年。それだけの時間を、立場と信用を得るために費やしたのだ。アニタをそうさせたものはなんだったのだろう。

「家柄は伯爵家の娘であり、身元は確かだった。ただそれまで外国で暮らしていたため、エメロードの社交界では知られていなかったが」

「その外国が……」

「グウィルトだ」

ようやく点と点が繋がって、セシアは目を瞬く。

「詳しく聞こうとその伯爵家を調べたが、既にアニタの父親は病気で亡くなっていて、今は彼女とは腹違いの兄が爵位を継いでいた」

「そんな……」

「だが現伯爵が言うには、確かにアニタは前伯爵の子だが庶子であり、母を亡くし父を頼ってエメロードまで来た時に頼まれて身元は保証したが、それ以来会っていない、とのことだ」

セシアが城を離れメイヴィスがポットを二課に届けて、内通者がアニタだと分かったのは今日の夕方ぐらいだったはずだが、そこまで調べがついていることにセシアは舌を巻く。

「アニタさん……ご両親を亡くされてるんですね」

「だからといって、罪を犯していいわけではない」

王子様らしい公平な物言いに、セシアはマーカスを見つめて言い募る。

「……でも、庇護《ひご》してくれる大人のいない子供は、悪いことをしないと生きられない時もあります。私がセリーヌのフリをしていたように」

セシアの真剣な表情を見て、マーカスは頷いた。

「確かにな。だが、罪は罪だ。その内容に応じ、必要な罰を受けなければならない」

「……はい」

「無論、罪を犯した者の全てが二度と陽の当たる場所を歩く資格がない、とは俺は思わない。再生の道を示すことこそ、権力のある者のすべきことだ……とは、思ってはいる、が……………」

それは以前、セシアがマーカスに言われた言葉だ。

道を誤《あやま》った時、セシアにはマーカスが手を差し伸べてくれたように、アニタにはジュリエットが手を差し伸べたのだろうか？

そう考えて、セシアは眉を顰めて瞼《まぶた》を閉じた。

悔しい。似たような境遇《きょうぐう》でも、アニタには悪の手が差し伸べられてしまったのだ。

「……私、アニタさんのことすごく尊敬してたんです」

「分かっている。王城に、彼女のことを嫌っている者などいないだろうな……」

マーカスの声は落ち着いているが低く、重かった。セシアは泣いたせいなのか痛くなってきた頭に触れて、小さく唸《うな》った。

「問題は城にどうやって戻るか、ですよね……私、樽《たる》にでも変身出来たらいいのに」

既に一人でも散々考えていた悩みに立ち戻り、セシアは頭を抱える。

だが、そこは当然マーカス。手ぶらではここまで来ない。

「ところでセシア」

「はい」

「お前は、赤い髪もよく似合うと思うが、どうだ？」

「…………はい？」

セシアは怪訝《けげん》な顔で首を傾げ、マーカスはニヤリと悪戯《いたずら》を思いついた時の悪童の顔で笑った。


翌、早朝。

王城の裏手に、下働きの使用人達が使う小さな通用口があった。その前に立つ門番の男は、こちらに向かって歩いてきたマリアを見てデレッとやにさがる。

「やぁ、マリアさん。今日は随分《ずいぶん》早いんだね」

「おはよう。今日は新しい皿洗い係の子の案内なの」

「ああ、厨房は大忙しだもんなぁ。臨時雇いかい」

「ええ」

マリアはにこりと微笑んで、自分の身分証と臨時雇いの仮通行証を門番に見せた。彼はそれを受け取り、専用の魔道具で偽造ではないか確かめる。

「はい、確かに。新人さん、頑張ってね」

今は髪を亜麻色に染めているセシアが無言のまま軽く頷いて、マリアの後に続いて門を潜《くぐ》る。

下働きの使用人専用の門を守る門番は、指名手配されているセシアの顔を詳細には知らなかったようだ。正規の通行証を持ち髪の色を変えて堂々としていれば、手配されている〝黒髪のメイド・セシア〟だと疑われずに済んだ。

用具室のような小部屋に入ると、マリアは変装を解く。するりと現れたマーカスは、マリアの身分証をセシアに持たせた。

「これを持っていれば、下働きの通路は大抵通れる。でも上の廊下は通るなよ」

「……了解です」

「なんだその微妙な表情は」

マーカスが片眉を上げて聞いてくるので、セシアはなんとも言えない表情で彼を見上げた。

「……マリアの身分証ってあったんですね」

「ああ」

「職権乱用……」

「当たり前だろ、俺を誰だと思っている。王子様だぞ？」

「うう……これで私も犯罪の片棒を……」

「なに言ってる、この身分証は正規のものだ」

「実在しない人の身分証が正規のもののわけない…………」

セシアがぐだぐだ言うと、マーカスが唇を尖らせる。仕事でなら、セシアだってどんどん人を欺《あざむ》いてきた実績があるけれど。

「別に悪用するわけじゃないんだからいいだろう?」

「……非常事態ですもんね」

ぎゅっ、と唇を引き結んで覚悟を決めたセシアを見て、マーカスも一つ頷いた。マーカスがそっとセシアの髪に触れると、亜麻色だったそれが燃えるような真っ赤に染まっていく。

「……うん。似合うな」

「そ、うでしょうか……」

空き家でのやり取りを思い出して、セシアは赤面する。

「ジュリエットのほうは、警備部の者が護衛としてついて厳しく見張っている。アニタは拘束して、メイと共に二課に留め置いているはずだからそちらに向かえ」

「! メイ様まで、どうして……?」

「アニタと長時間連絡が取れなければ、ジュリエットが警戒するかもしれない。だが、主人であるメイの世話のためならば、怪しまれることもないだろう?」

セシアはメイヴィスがこの件に深く関わっていることに心を痛めた。

天真爛漫《てんしんらんまん》で、頑張り屋のお姫様。彼女をこんなことには巻き込みたくなかった。

「あれとて、王女だ。エメロードに関わりのあることならば、本人が傷つこうが役目を果たす覚悟はあるはずだ」

マーカスは兄ではなく王子としての見解を述べる。本当は誰よりも、メイヴィスの柔らかな心を案じているくせに。

「……そうですね」

ジュリエットの目的はまだはっきりとは分からないが、ここまで大がかりなことをやっておいて、ただ犯罪組織を使って金を稼ぐことだけが目的とは考えにくい。エメロードの国力を削ごうとしているのは確実だ。

昨日から急展開し続ける状況に、やはりジュリエット側もなんらかの計画が大詰めに来ていると考えて間違いないだろう。

「ロナルドが誘拐された件は、まだ公表されていない。偽装された赤子の死を見抜いたことも当然伝わってはいないだろう」

「……ではジュリエット側は、まだこちらがロナルド様が亡くなったと思っている、と認識している……？」

「たぶんな。あの遺体は見事だった。エメロードに来る前から念入りに用意していたものだったんだろう」

「それって、ロナルド様のことを……誘拐しようと最初から考えていた、ということですよね」

「ああ」

生まれたばかりの赤子だが、順当に行けばロナルドは二代先の王になる存在。彼を害そうとする思惑は、ジュリエット個人というよりはグウィルトの思惑のように感じられた。

「許せません」

「同感だ。今回は徹底的に潰す」

ぐっ、とマーカスが拳を握ると、セシアも強く頷く。


マリアっぽく変装したセシアが、いかにも頼まれごとをしたふうを装って大きな包みを持ち、急いで使用人用の廊下を歩いていく。

その細い背を見送るとマーカスは反対方向へ踵《きびす》を返し、王や王太子、重鎮達への報告へと向かう。

本来ならば、直接自分が空き家にセシアを迎えに行くのは危険な行為だ。確かにマリアは戦況においてイレギュラーで浮いた駒《こま》だったが、それでもその間マーカスが不在になってしまう。セシアを迎えに行く姿を見咎められることよりも、第二王子が城にいないと気づかれるほうがリスキーだった。

アニタが内通者であることを知った二課では、当初、セシアがこのまま潜伏を続けていられるのならば危険を冒してまで二課に戻す必要もないのではないか、という意見も出た。

無事セシアの嫌疑を晴らしてから、堂々と城に帰ってくればいい、と。

しかしマーカスは、なんとしてでも迎えに行ってやりたかった。

表向きは、セシアは二課の大事な戦力の一人だからと他の面々を説得したのだが、先ほど抱きしめた時に心細そうに涙を零した彼女を見て、本当に迎えに来てよかった、とマーカスは感じていた。

ただし、セシアがマーカスや二課の面々と先に接触したことが警備部にバレたら、彼らごとジュリエット襲撃に関して嫌疑をかけられてしまう可能性がある。

堅物《かたぶつ》の王太子の許可を得ていたことだけが、マーカスにとって唯一の言い訳材料である。

奥に向かって歩き出そうとした時に、ふとマーカスはジュリエットに朝の挨拶《あいさつ》をしておこうと思いついた。

昨日セシアに襲われかけたことになっている彼女は、あの後からずっと部屋にこもっている。

勿論彼女の部屋の前には警備の者を配置しているし、ジュリエットが部屋を出ることがあれば報せが飛ぶことになっている。特になにもないので、今も部屋にいるはずだが……本当にそうなのだろうか？

不意を衝かれたとはいえ、ロナルドの身柄はまんまとすり替えられてしまったのだ。

あの場に残ったのが、護衛が一人と侍女が一人という信じられないほどの警備の手薄さで、しかも、騒ぎのあったほうの部屋へと皆の注意がいっていたとしても。

セシアがバルコニーから逃げたことこそ計算外だっただろうが、本来の計画では彼女を拘束するために護衛達が動き、もっと人が入り乱れる状況になるはずだった。あの状況で赤子のすり替えが出来たのだから、ジュリエット一人がこっそりと部屋から出ることぐらい、やってのけるのではないだろうか。

マーカスだってセシアを城に戻せたのだから、あれだけ周到なジュリエットのことだ、城を抜け出す手段を用意している可能性は高い。

セシアにアニタのことを知られてしまった時点で、ジュリエットにもタイムリミットが出来てしまったはずだ。内通者の正体がまだセシア以外の者にバレていないとジュリエットが思っていようと、油断は出来ない。

杞憂《きゆう》だとしても、一度確認しておくにこしたことはないだろう。

他の客には具合が悪いからと面会を断っているようだが、さすがに婚約者のマーカスの訪問を断ることは立場上彼女も出来まい。

そう考えてジュリエットが滞在している部屋に行くと、侍女達が目に見えて慌てた。

セシアの件があってから、「エメロード側の使用人は信じられない」と言われて、ロザリーを始めエメロードから派遣されていた侍女やメイドは皆役目を解かれていて、今ジュリエットのそばにいるのはグウィルトから彼女が連れてきた者ばかりだ。

「マーカス王子、ジュリエット様は本日は誰にも会わぬと仰《おっしゃ》っております」

「昨日もそう言ったな。メイドに襲われるとは大事だぞ、婚約者の無事な姿を確認するまでは今回は引かん」

マーカスがきっぱりと言うと、セシア曰《いわ》く給料泥棒の侍女達は弱り切っている。おろおろと顔を見合わせて、どうする？　と目配せし合う様子に、マーカスはやはりジュリエットは不在であると確信した。

しかし、この目で確認するまでは引けない。

「……どうぞ」

侍女の一人が、震える声でマーカスを部屋に案内する。貴賓室の居間、その豪奢なソファに座っていたのはジュリエットのドレスを着た、けれどジュリエットとは似てもにつかない女だった。

「ヒッ……」

侍女の一人がジュリエットに扮して、護衛達の目を誤魔化《ごまか》していたのだ。髪色や体格はほぼジュリエットと同じだったため、遠目ならば誤魔化せる。

しかし、これほど近くに来る者がいるとは想定外だったのだろう。

「……それで？　ジュリエット殿下はどこにいる」

ソファに座ったまま、青い顔で硬直する侍女に向かってマーカスが問う。

「そ、それは………」

と、いきなり背後になにかが迫るのを感じて、マーカスは素早くそれを避けた。

毛足の長い絨毯《じゅうたん》の上を滑るように後ずさって、翡翠色の瞳でひたと相手を見据える。まさかグウィルトの侍女達がこれほど愚かな行動をするとは思ってもみなかった。

「ちょっと！　なに殴ってんのよ！」

ジュリエットに扮していた侍女が叫ぶ。壺を両手で持って、それでマーカスを殴ろうとした侍女のほうが叫び返した。

「だってこんなの知られたらマズいじゃない！」

「だからって王子を殴るほうがマズいわよ！」

これだけ大声で怒鳴り合っているのに、外から護衛兵が不審に思って窺ってこないのはおかしい。防音の魔法かなにかが部屋にかけられているのだろう。ジュリエットの陣営にも魔法を使える者がいるようだ。ロナルド誘拐の実行犯も、そいつかもしれない。

考えてみれば当然だ。他国でここまで大胆なことをやってのけたジュリエットのことだ、魔法使いの一人や二人伴っているほうが自然だろう。

ただしロナルド誘拐の現場でサロンに防御魔法が敷いてあったように、他国との技術提携にも積極的なエメロードは魔法防衛にも優れている自信があった。

セシアのように、その隙間を縫うような動きをしたのだろうか？　もしくは相当な手練《てだ》れなのだろうか。

言い争う侍女達を無視して、とりあえず部屋の外に出ようと駆け出したマーカスの背後から、今度こそ強く殴ってくる者がいた。

「！」

がく、と膝が落ちて、マーカスはその場に倒れ込む。全く気配がしなかった上に、侍女達のほうに気を取られすぎたようだ。

視界が揺れる。殺すつもりで思いっきり殴ったのだろうか、マーカスの視界が赤く染まっていく。

「馬鹿！　死んじゃったらどうするのよ!!」

侍女の一人が叫び、もう一人が弱った声を出す。

「でも、ジュリエット様に知られたら……」

「だからあんたは馬鹿なのよ、王子を殺して無事で済むわけないじゃない！」

「とにかくジュリエット様に知らせなきゃ……」

「……！　……だから……！」

「!!」

二人の侍女の他に、倒れたマーカスのすぐそばに誰かが立っている気配がする。なんとか霞《かす》む視界で見上げると、そこには見たことのある顔。ジュリエットが伴ってきた、グウィルトの外交官だった。

その記憶を最後に、侍女が叫んでいる声が聞こえてはいたものの、マーカスはもはやその意味を判別することも出来ないまま意識を手放した。

マーカスが危機に陥っていることになど当然気づけるはずもなく。

その頃、セシアはようやく二課のある資料室まで辿り着いたところだった。

途中何度か身元を確認される場面はあったがマリアの正規の身分証は完璧で、きちんと精査された結果問題なく通されてきてしまった。

いくら身分証が本物でも、髪色を変えただけでマリアだと認められるのはおかしい。誰かから身分証を無理矢理にでも奪えば、成り代われてしまうではないか。

ペテンのタネは恐らくマーカスが変えていった、この赤髪。これがなんらかの魔力を帯びているのが原因なのだろう。

この世界では、魔力は多かれ少なかれ皆が持っている。

貴族には平民に比べて魔力量の多い者が多く、そのために大昔には近親婚が推奨された時代もあったそうだ。しかし平民の中にも魔力量の多い者が生まれることがあり、現在では血統と魔力量には因果関係がないとされている。

エメロードは他国との交易が盛んな背景もあり、魔力の強さをさほど重要視しないお国柄だ。

セシアは身分証の作成過程を知らないが、恐らく身分証はその人の個別の魔力の色のようなものが分かるように出来ているのだろう。それをもって、個人を特定しているのだ。

ただしマーカスとマリアが同じ魔力の色を持っていれば怪しまれる。だからマリアの身分証には元々なにかしらの細工が施されているのだ。いわば、擬態の色のようなものが。

今はその色をセシアに擬似的に纏わせることによって、彼女をマリアに擬態させているのだろう。

この推測は大きく外れていない、とは思うが、実際に実行出来る技術を持つ者が我が国の王子だということが怖い。

「これ、絶対ダメなやつ……」

そこまで考えて、セシアはゾッとする。

ジュリエットに負けず劣らず、用意周到で悪知恵の働く男である。彼がその頭脳と発想を悪事に使うことがなくてよかった。

届け物を頼まれたふりをしてここまで運んできた空箱を廊下の隅の邪魔にならないところに置いて、セシアは二課室の扉をノックする。

普段は自分の職場なので当然そんなことはしないが、今は部屋の中に誰がいるのか分からないので慎重な行動を心がける。マーカスにもよくよく言い含められたことだ。

扉を開けたのはキースで、彼はセシアを見て目を丸くすると、ただの使用人に接するようにごく自然に招き入れた。

「セシア！　無事だったんだな」

扉を閉めるとキースはセシアに一言断ってから、思いっきり抱きしめてくる。そうされて、今度はセシアが目を丸くした。

「す、すみません先輩、私ご迷惑を……！」

慌てて謝ろうとするが、彼は抱擁《ほうよう》を解くとぽんぽんとセシアの頭を撫でる。

「よく帰ってきた。待ってたぞ」

嘘偽りのない嬉しそうな笑顔を前に、セシアはぎゅっと心臓を摑まれたように胸が苦しくなった。

戻ってくるのは少し怖かった。二課に迷惑をかけて、捜査の邪魔をしたことにもなる。余計なことを、と少しでも疎《うと》まれていたら、無理矢理奮い立たせてここまで来た足が竦んで前に進めなくなってしまうのではないか、と思っていた。

だが、二課の面々はそんなセシアの不安を余所《よそ》に、温かく迎え入れてくれた。

「セシアさん!!　大変でしたね！　よかった……！」

ロイは泣きそうになりながらセシアの両手を握ってくれたし、フェリクスは唇を尖らせてセシアの額を小突いてきた。

「心配させるな、馬鹿」

「……馬鹿に馬鹿と言われては世話ないわね」

ふ、とセシアはつい憎まれ口を叩く。やれやれと溜息をつくロイとキースを横に、いつものように口喧嘩のゴングが鳴ろうとした瞬間、

「セシア!!」

どん！　とメイヴィスがセシアに真正面から抱き着いた。

「メイ様！」

「もう！　あなたったらあんな高いところから、お、落ち……っ！　……もう二度としないで!!」

大きな翡翠色の瞳から、ぼろぼろと涙が零れる。その涙にどれほど心配をかけてしまったかを痛感させられて、そして一度でもメイヴィスが自分を信じてくれないのではないかと疑ったことを恥じて、セシアの目頭も熱くなった。

ここには、こんなにも自分を心配してくれる人達がいる。

「申し訳ありませんでした、メイ様」

「二度と自分の命を軽んじないと約束なさいっ！　でないと、絶交よ!!」

泣き喚《わめ》くようにして言われた言葉に、セシアはぴたりと止まる。それではまるで。

「……そ、れって、なんか友達みたい、ですね」

そう言うと、今度はメイヴィスが顔を真っ赤にする番だった。しかし赤い顔のままメイヴィスは開き直って、腕組みをする。

「そ、そうよ！　わたくし達はもうお友達でしょう⁉　そうでしょう⁉」

「………はい、友達です」

セシアが泣き笑いを浮かべると、ぱぁと笑顔になったメイヴィスだったが、慌ててしかめっ面を取り繕う。

「お、お友達なんだから、約束を破ったら……絶交するわよ！　嫌なら、自分を大事にしなさい！」

なんて可愛らしくて、素敵な友達だろう。

セシアは嬉しくなって、メイヴィスの手を取って壊さないようにきゅっと握りしめた。

「……はい、約束します。絶交は、嫌だから」

「そうでしょう！　大事にするのよ……絶対なんだから」

剣を握ったこともなく、水仕事もしたことがない嫋《たお》やかな小さな手。でもこの人と自分は友達なのだ。

命令ではなく、友達との約束ならばセシアは守りたい。メイヴィスが王女だからではなく、大切で、大好きな友達だから。

手を握り合って、はにかみ合う二人に、部屋にはなんとも言えない和やかな雰囲気が流れる。

しかし、課長室から出てきたレインがその空気を一蹴した。

「戻ったのか、セシア」

「レイン先輩！」

ぱっ、とセシアが顔を上げると、メイヴィスはセシアの手を勇気づけるように一度強く握ってから離す。セシアが顔を上げると、メイヴィスは元いたソファのほうへと戻っていった。

彼女に感謝しつつ、セシアはレインの前に立つ。

「……申し訳ありませんでした」

「お前はあの場で出来る限りのことをした。よく無事に戻ってきたな、よかった」

近頃は厳しい顔をすることの多かったレインが、セシアの無事な姿を見て表情を和らげる。

彼にも心配してもらっていたことが分かって、セシアはまた泣きそうだった。

「はい……！」

「だが、戻って早々に悪いが仕事だ」

レインの視線の先には課長室の椅子に拘束されているアニタがいて、セシアは息を呑む。

「あんな扱いを……！」

「お前が元に戻したポットは、あの状況では致し方なかったとしても、メイヴィス殿下が現場から持ち出した時点で捏造の可能性が発生してしまい、証拠能力を失った。アニタを拘束する理由が警備部にない以上、我々がやるしかない」

仮にポットがメイヴィス以外の者の手に渡っていれば、内通者がアニタだということが伝わったかどうか怪しい。その後セシアが城に戻って証言しても同じだっただろう。

少なくとも現在、マーカスと二課、メイヴィスは内通者の正体を確信している。状況としては一番マシだ。

段階的に少しずつ謎は解けていってジュリエットを追い詰めているはずなのに、その状況状況では一番マシな手札しか取れていない。敗北を喫してはいないが、先手は常にジュリエットに取られている。

そこまで考えて、嫌な予感がした。

今まで常に先手を取っていたジュリエットが、セシアにああもあからさまに内通者の存在を知らしめておいて、なにもせずに大人しくしているだろうか?

「……先輩、今ジュリエットってどうしてるんですか?」

「お前に襲われた恐怖で、という口実で部屋に引き籠っているはずだが」

レインはそう返すと、ハッとしたように顔を上げる。

「まさか」

「シナリオを書いているのはジュリエットです。彼女がこの展開を想像していないとは思えない」

セシアの断定的な言葉に、レインは二課の面々へと向き直った。

「キース、ジュリエット王女の在室確認を！　必ず彼女の顔を知る者に目視で行わせろ！」

「了解」

聞いてすぐにキースが部屋を出ていく。その背を見送ることなく、レインは続ける。

「ロイ！　マーカス殿下に伝令を飛ばせ、すぐにこちらに戻られるようにと」

「はいっ！」

ロイもすぐさま窓辺に駆け寄って、魔法による伝令を構築する。技量に優れた彼の伝令の精度はセシアよりもずっと上だが、やはり外気があるほうがより早くより正確に飛ばせるのだ。

そして課長室に入ったセシアは、アニタと対面した。

「アニタさん……」

「……無事だったのね、セシア」

微笑む顔は、今までとなにも変わらない。セシアは苦しさに耐えて、彼女の前の椅子に座った。

「ジュリエットはどこにいるの」

「貴賓室ではなくて？　一国の王女ですもの」

まるで言っている意味が分からない、とばかりにおっとりと言われて、セシアは首を横に振る。

ここまでジュリエットが先手を取っていたのだ、今もそうだという前提で考えなくては負けてしまう。

「いいえ。あなたが焦ることなくここに平然といるのがその証拠。あなたが拘束され、ジュリエットは知らずに部屋にいる、と皆に思わせるための。…………あなたは囮《おとり》として、捨て駒になろうとしてる」

セシアがそう断言すると、アニタは笑みを深めた。それに確信を得て、セシアは話を進める。

「なぜあなたは、ジュリエットにそこまで献身的なの？　彼女は、客観的に見てもあなたほどの人が仕えるに値しないわ、犯罪組織の黒幕としても主《あるじ》としても」

窓の外に視線をやって、アニタは肩を竦めた。少し芝居がかった仕草に、セシアは表情に出さないように気をつけながら警戒を強める。

陽の高くなり始めた窓の外、時間を気にしているのだ。

「この国はとても自由ね」

「え……？」

「あなたは孤児だけれど、美人だし魔法も使える。そこまで苦労してきていないでしょう？」

そう言われてもセシアには判断に困る。

確かに両親が存命の頃は貧しくとも幸福だったし、両親を亡くしてディアーヌ家預かりになってからも、食事を与えられない時はあったが、寝床に屋根がなかった時はない。この境遇が一般的に恵まれているのかいないのか、セシアには判断がつかなかった。

しかしアニタはセシアの公式の記録しか知らないせいで、ディアーヌ家で普通の使用人として遇されていたと思い込んでいた。二人の認識には齟齬《そご》があり、セシアは十分に苦労をしてきたと言える境遇だったが、それをここで指摘する第三者はいない。

「話を引き延ばそうとしないで。ジュリエットはどこにいるの」

「……そしてあなたは賢くて勇敢ね。マーカス殿下が気に入って、ジュリエット様が警戒するのが分かるわ」

「話を逸らさないで。時間稼ぎもやめて」

「……この国は、本当に自由でいい国だわ」

繰り返し言われて、セシアは顔を顰める。

「私は、エメロードのある伯爵がグウィルト滞在時に買った娼婦との間に出来た子なの」

時間稼ぎだ、耳を貸すな、とセシアの頭の中で警鐘が鳴るが、あれほど不思議だった、アニタがなぜこんなことをしているのかという疑問に答えが得られるのだと思うと、止めることを躊躇《ためら》ってしまった。

「母は娼婦で……とても美しい人だった。伯爵は夢中になり、エメロードに戻ったあとも母の面倒を見ることを約束したわ」

断片的に語られるアニタの思い出は、よくあるものだった。

「母が関係したエメロード人は伯爵だけだったから、生まれた私がいかにもエメロード人らしい顔つきをしていたこともあって、父の子であることを疑う必要はなかった……私が生まれてからも伯爵は援助を続けてくれたし、仕事でグウィルトに来ることがあれば親子三人で穏やかに過ごしたわ。思えば、あれが唯一の幸福な思い出ね」

アニタはそこでセシアを見て、また微笑む。

「伯爵は正妻のことを気にして、母のことを表立って扱うことが出来なかった。それでも私は仲の良い両親を見て、自分は幸福なのだと思い込んでいた……。でも、流行《はや》り病で母が亡くなると、状況は一変したわ」

アニタの声が険しくなる。

「母が亡くなると私は、妾《めかけ》の産んだ子だと迫害された。知ってる？　グウィルトは男子相続、血統主義が根強く残っている国で、母が生きている間は私が被害に遭わないように必死に守ってくれていたの」

「そんな……」

この国に生まれ育ったセシアには、想像もつかない世界だ。

エメロードでは近年、爵位や家督を女性が継ぐことも珍しくはないし、血統主義は今やなんの意味もないと証明されているのに、こだわる理由が分からない。それは、他国と交流の多いエメロードと、閉鎖的なグウィルトの大きな違いなのだろうか。

「父に助けを求めたけれど、時を同じくして父は病魔に侵されていて私達への援助は途絶《とだ》えていたの」

アニタの話は続く。しかし、課長室の外が騒がしくなってきている。なにかあったのだ。この話を打ち切るべきか、まだ判断がつかない。でもセシアは先が聞きたい、と思った。

「地獄のような日々。そんな時に私を拾ってくれたのがジュリエット様よ。ジュリエット様は、私が汚れているのは私のせいではないと言って、下働きとして取り立ててくださったの」

そこでアニタはうっそりと笑った。今までの彼女とは明らかに違う笑み。なにかにとり憑《つ》かれたかのような。

セシアには分かる。それはジュリエットの甘言、悪魔の声だ。

地獄で聞いたせいで、アニタにはその声が神の声のように聞こえてしまっただけ。

だってその言い方が正確ならば、ジュリエットはアニタが汚れていることは事実だとしているのだから。

生まれや育ちで人が汚れているなんてこと、あるものか。

「あなたに分かる？　その時の私がどれほど嬉しかったか」

だがその言葉に、セシアはハッとした。

「……分かるわ」

セシアは真っ直ぐにアニタを見つめて言った。セシアの脳裏に浮かぶのは燃えるような赤、輝く翡翠。

「……きっと、誰よりも、分かるわ」

真摯なセシアの声に、アニタは黙って優しく微笑む。それはいつものアニタの笑顔で、セシアの尊敬していた彼女に見えた。

「……あなたがジュリエットを主《あるじ》と仰ぐ理由は分かった。私だってマーカス殿下のためならなんだってやる。あの人がそう望むなら、自分のなにを差し出してもいい。……でも、アニタさん、これは違うよ。これは、ダメなことだよ」

セシアの言葉は拙《つたな》い。

アニタとジュリエットの日々に太刀打ち出来る材料なんて、セシアは持ち合わせていない。この事態に対してセシアは、アニタの聡明さや、優しさや、愛情に訴えるしか術がないのだ。

カタ、と僅かな音がして振り返ると、戸口にメイヴィスが立っていた。二課の面々はそれぞれ忙しく動いていて、彼女の動向に誰も注意を払っていなかった。

「メイ様」

「……殿下」

セシアとアニタに呼ばれて、メイヴィスは顔を上げる。潤んだ瞳は、まだ決壊していなかった。

「アニタ。わたくしの侍女長……あなたがわたくしのためと称して収集していた情報が、この国を害させるために他国に渡っていたなんて悲しく思います」

ぎゅっ、とメイヴィスは拳を握る。アニタの目が僅かに細められた。

「……それでもわたくしがっ……わたくしが、夜に怖くて眠れなかった時、ずっと背中を撫でてくれていたあなたが……嘘だったとは、思えないの」

すっ、と息継ぎをすると、その動きでついに決壊してしまった涙があとからあとから翡翠色の瞳から零れ落ちる。喘ぐように唇が戦慄《わなな》き、メイヴィスはアニタのことを一心に見つめた。

ほろほろと零れる涙は、アニタのために流れる。

「そんなあなただから、ジュリエット様へのご恩とエメロードの間で苦しんだのではない？……わたくしがもっと早くそれに気づけていれば、あなたはこんなことにはならなかったのかもしれない……」

白い頬に涙が伝う。目元は赤くなり、悔しそうにメイヴィスが言う。

「ごめんなさい、アニタ。あなたを守ってあげられなくて、ごめんなさい」

セシアはその光景を見て、唇を噛む。

メイヴィスは素直すぎる。かつて彼女は、自分が間違っていると判断した時にはきちんと謝るべきだと主張した。しかしこの状況は、決してメイヴィスが悪いというわけではない。誰もがアニタの正体に、苦悩に気付けなかったのだから。

だが、その言葉はアニタに届いたようだった。

見ると、アニタの目からも静かに涙が零れている。

ジュリエットに救われたグウィルトでの日々、それに対抗出来ることがあるとしたら、メイヴィスと過ごした日々だったのだ。

セシアから見ても、アニタがメイヴィスを大切にしていることは疑いようもなかった。だとしたらメイヴィスを誘拐し囮として使う計画を知らされた時、どんな思いをしたのだろう。

それが原因で、無事に助け出されてからも怯えて夜も眠れない彼女の横で背中を撫でていた時は、どう感じていただろう。

メイヴィスは、真実がアニタを救うと言った。

それは、こういう意味だったのだ。

「……ごめんなさい、姫様。……私、ずっとあなたを裏切っていました」

アニタの言葉に、メイヴィスは泣きながら首を横に振った。

「許さないわ。……あなたのことがまだ大好きなわたくしごと、絶対に許さない」

「はい。どうか……私を許さないでください」

それも確かに、一つの主従の絆《きずな》なのだ。

「……セシア」

静かに名を呼ばれて、セシアはアニタに視線を向ける。

「ジュリエット様は、港に停泊しているグウィルトの船にいるわ。……恐らく、ロナルド殿下とマーカス殿下も、そこに」

「……マーカス殿下、も？」

セシアの背に冷たい汗が流れた。と、その時、課長室にフェリクスが飛び込んできた。

「セシア！　マーカス殿下と連絡が取れない!!」

マーカスが普通の相手に遅れをとるはずがない。きっと彼はまた自分を囮に使ったのだ。

「！　……あの悪童っ」

チッ、と行儀悪く舌打ちしたセシアは、課長室をフェリクスに任せて飛び出す。レインとキースがなにやら話し合っている姿が見えて、叫んだ。

「レイン先輩！　ジュリエットの居場所は港の船です!!　マーカス殿下もそこにいると思われます！」

「分かった。すぐに兵を向かわせる。セシア！　独断専行するなよ」

釘を刺されて、彼女はすぐに頷く。

「しません。でも行かせてください！」

「だから……」

レインが怒鳴り返そうとすると、キースが笑って彼を止めた。ぽんぽんと彼の肩を叩いて宥《なだ》める。

「まあまあレイン。どちらにしろ俺達も行くんだから、それが少し早くなるだけだろう」

彼の言葉に、セシアの瞳に力が籠った。それを見て、レインははぁ、と深い溜息をつく。

「……一人で走り出すよりは、成長したと思っておこう」

そこからの行動は速かった。

メイヴィスを部屋に送り届け、アニタを牢獄に送る。アニタは素直にそれに従い、その後はそれまで黙秘していたのが嘘のように、警備部の者の質問にも淀みなく答えた。

二課の面々はそのあと、騎士や兵士を連れて港へと向かう。ここでもマーカスが議会の承認を得ていたことが利いて、スムーズに人員を借り受けることが出来た。

「では、殿下を迎えに行くぞ」

レインの号令に、セシア達は無言で頷いた。


潮の香り。

ぎし、と僅かに床が軋《きし》む音でマーカスは目覚めた。

静かに瞼を開き、目だけで周囲を確認する。木造の床と壁、扉が一つ、少し高い位置にある窓。そしてゆっくりとした定期的な揺れ。

「……」

マーカスが警戒しつつ身を起こすと、ジュリエットが悠然と椅子に座って彼の様子を窺っていた。

「こんな形での招待になってしまって本当に残念ですわ、マーカス様」

ジュリエットが情感たっぷりに嘆いてみせた。その芝居がかった様子に、思わず鼻で嗤《わら》ってしまう。

それを意に介した様子もなく、ジュリエットが続けた。

「わたくしの侍女達が失礼をいたしました」

「一番失礼を働いているのは、あなた自身だと思うがな」

マーカスはガチャン、と両腕を纏めて拘束している魔法錠を鳴らしてみせる。ご丁寧に両脚にもつけられていて、その罪人のような扱いは高貴な生まれであるマーカスには想像以上に屈辱的なことだった。

「あら、だって……こうしておかないと、マーカス様は大暴れなさるでしょう？」

「自分が傍若無人《ぼうじゃくぶじん》だからといって、他人までそうだと考えるのはいかがなものかな？　……とはいえ確かに招待された覚えのない船に乗せられている以上、大人しくしているわけにもいかないが」

定期的な揺れは、波によるものだ。揺れ方からまだ出航していないことが分かり、どの程度のサイズの船なのか見当をつける。

マーカスが翡翠色の瞳に怒りを込めて彼女を睨みつけると、ジュリエットは眉を顰めた。

「こんな無様《ぶざま》な状況が、わたくしの計画だとは思わないでいただきたいわ」

「……………侍女の勝手な行動のせいだと？」

ぴく、とマーカスの片眉が上がる。

「ええ。まさか留守番ひとつまともに出来ない、揃いも揃って役立たずばかりだとは思いませんでした」

ツン、とジュリエットが不貞腐れたように顔を背けた。

よほど腹立たしいのか、この状況が計画外であることをマーカスに吐露してしまっている。

ここまではずっとジュリエットの手の内だった。王城の部屋から抜け出していたということは、既に内通者の正体がバレていることを想定して動いていたのだ。

しかしマーカスが強引に部屋に入ってきたことは想定外で、侍女達が動揺して彼を殺そうとしてしまったことはもっとあり得ないハプニングだったようだ。確かに自身がこんな立場でなかったら、ジュリエットに同情してやりたいぐらいの愚かさだ。

けれどジュリエットがどれほど知略を巡らせようと、部下を捨て駒のように考えている以上その部下は愚かなままであり、計画はそこから綻びが生じる。

これまでジュリエットが他者に任せていた犯罪組織を、マーカスが自慢の部下達と共に検挙してきたように。

マーカスはその延長で、セシアのことを思った。

セシア。彼女はこの一年で本当に努力して、目覚ましい成長を遂げていた。女性として彼女を愛する気持ちもあるが、立派に成長した弟子を誇らしく思う気持ちも強い。

乾燥魔法すら苦手だった彼女が、今ならば王城付き魔法使いともいい勝負をするのではないだろうか？　騎士団からスカウトが来たら断るようにと言っておかなければ。

「なにを笑っていらっしゃるの？　この状況を理解出来ていないのかしら」

僅かに口角の上がったマーカスを見て、ジュリエットが鋭く指摘する。

どうやらジュリエットはかなり苛立《いらだ》っているようだ。計画は変更を余儀なくされていて、それはいつもマーカスのせいだ。これまで準備に費やした時間と金を考えれば、たしかに腹立たしいだろう。

「……俺も非常に残念だ。貴女と俺の婚姻はグウィルト、エメロード両国にとっていい取り引きだと思っていたのに、このようなことをされるとはな」

「あら、では当てが外れましたわね。元々エメロードにとって有益なことなど一つもない婚姻でしたのよ。わたくしはこの国を我が故国の属国にするつもりですもの、夫であるあなたを王に据えて」

ジュリエットはにっこりと微笑む。少女のような淡いピンクの口紅は彼女には似合っておらず、マーカスは内心で唾棄《だき》した。彼女のような毒婦の唇には、もっと禍々《まがまが》しい色がお似合いだ。

「馬鹿な……仮に王一人を掌握したところで、この国は法治国家だぞ。そうそう好きに出来るわけがないだろう」

マーカスは唸るように言う。

エメロードの王位継承は盤石だ。

誰もが認める王太子、サポートの得意な第二王子、まだ年若い第三王子。

美しい王女達もそれぞれ政略結婚をするだろうし、この先の明るい未来を疑う国民はいないだろう。

それでも時折、側妃の子であるマーカスに王位をチラつかせてくる愚かな者がいる。彼らはジュリエットと同じく、マーカスを通じて国を牛耳《ぎゅうじ》りたいと浅はかな夢想を抱いているのだ。

王は民のためにある機構であり、誰か一人の私利私欲のためのものではない。王の椅子は一番権力を持つ者が座る場所ではなく、一番大きな責任を負う者が座る場所なのだ。兄の代わりにマーカスが座ったところで、国を自由に出来るはずがない。

ジュリエットの浅はかさを責めるようなマーカスの瞳を眺めて、彼女はフッと笑う。

「では、わたくしの国となったあとにその仕組みを変えていけばよいのですわ」

エメロードとグウィルトでは王の意味が違う。

グウィルトの王はまさに神に等しい存在、一番大きな権力を持つ者なのだ。だからこそ、ジュリエットはここに自分の国を築くために来たし、マーカスの主張など弱者の意見にしか聞こえないのだろう。

「まぁいいわ。ちょっと予定が早まってしまったけれど、どうせあなたにはこちらにおいでいただく予定だったの。感動の再会をさせてさしあげるわ」

ジュリエットが指を鳴らすと、扉が開いて一人の男が入ってくる。

気配のしない動きやその背格好から、貴賓室でマーカスを背後から殴りつけた男だと直感した。

「ドーソン・ペック伯爵……だったか。グウィルトの外交官の名は」

「ペック伯爵がどうかなさいました？」

ジュリエットは素知らぬフリをする。

かの外交官と思《おぼ》しき男は、まるで仮面舞踏会にでも出席するかのような大仰な仮面をつけていた。

先ほどマーカスを殴ったのは侍女達の失態だと責めていたが、実行犯の男の話をしないので不自然だと思っていたら、アニタや侍女と違い彼は捨て駒ではないらしい。

一度マーカスに顔を見られていても、証明する手立てがない以上ペック伯爵のことは隠し通すつもりなのだ。

それでも本来ならば表舞台には登場させないつもりだった彼が顔を隠してまでここにいるということは、ジュリエットはかなり追い詰められていて彼を使わざるを得ない場面、ということだろうか。

と、マーカスが冷静に考えていられたのはそこまでだった。ペック伯爵が抱えているものを見て、目を見開く。

「ロナルド！」

伯爵が抱えていたのは、魔道具とすり替えられたロナルドだった。

マーカスの背後をとった動きといい、ペック伯爵は外交官というよりも暗殺者か密偵のような存在であり、おそらく、動揺する母親の鼻先から赤子を奪うという驚くべき芸当をやってのけたのも彼だったのだろう。

「ええ、可愛らしい小さな王子様。しかもまだ生きてるんですのよ？　感動の対面でございましょう？」

ジュリエットはようやく機嫌よくにっこりと微笑む。

マーカスが身じろぐと、重たい魔法錠がじゃらりと音を立てた。

「あら、おかしなことを考えないでくださいませ。可愛い甥っ子を殺されたくはないでしょう？」

彼女の部下が抱く、魔法で眠らされているらしいロナルドを見せつけて、ジュリエットは笑う。

「……あなたの計画では、俺がなにもせずともロナルドは殺されてしまうようだが？」

マーカスを王にするためには、現在彼よりも王位継承順位の高いロナルドは障害になる。ここで生かしている意味は分からないが、ジュリエットの計画では最終的には兄のレナルドも甥のロナルドも生かしてはおかないはずだ。

「まだ一歳にもならない幼子の死を早めるほど、あなたは残酷ではないはずですわ。――マーカス様、傀儡《くぐつ》の術ってご存じかしら」

ロナルドをすり替えた魔道具が禁術で作られたものであることから、ジュリエットの陣営に禁術使いがいることは想定していた。目的が曖昧《あいまい》だったため憶測でしかなかったが、マーカスを王にすることが目的ならば、彼女達の計画の主旨も自《おの》ずと分かる。

「……なるほど？　ロナルドの命を盾に、俺に傀儡の術を受け入れろ、と」

禁術の知識は、王族としてある程度教えられている。

人の心を壊したあとに操る傀儡の術は、その内容からして禁術であることに納得出来るが、術を施す際に傀儡となる者の承諾がいる、という歪んだ術なのだ。

ジュリエットは、傀儡としてマーカスをエメロードの次期国王にしたいのだ。

そのためには彼よりも継承順位の高いレナルドとロナルドが邪魔であり、この慶事のどさくさに紛れてまず幼子のロナルドのほうを殺害しようとしているのだ。

マーカスが動こうと動くまいと、ジュリエットはロナルドを殺すつもりだ。しかし、だからといって、マーカスが甥を見殺しになど出来るはずがない。

彼女の計画では殺されることが決定しているとしても、この場においてロナルドは人質としてマーカスに対して有効だった。

「まぁ怖い。マーカス様は、魔法だけではなく剣技や体術にも優れていると聞き及んでおりますもの。下手なことをしたら、躊躇いなくこの赤ん坊の喉をかっ切るように命じてありますので」

ジュリエットが機嫌よく笑って言う。

それを聞いて、マーカスは歯を剝《む》き出しにして凶悪な表情で嗤い返した。

「ジュリエット王女、ロナルドを丁重に扱うように部下に命じろ。その子に傷の一つでもつけたら、俺はなにをするか分からんぞ」

「フフ、強がる姿も魅力的ですわ。あなたの心を壊すのは、本当に勿体ないぐらい」

「出来れば、壊されるのは勘弁願いたいものだ」

「もうその段階はとっくに過ぎていますのよ、他ならぬあなたのせいで」

マーカスは緊張に肌が粟立つのを感じた。


元々ジュリエットの計画では、ロナルドやレナルドを殺害することをマーカスに悟らせないつもりだった。

まずは物理的に弱いロナルドを殺し、マーカスとジュリエットが結婚してから頃合いを見て王太子であるレナルドを殺す。王位継承順位の高い者が立て続けに亡くなれば、当然疑いの目が向くのは次に継承順位の高いマーカス。

実際に彼を王位に就かせるための画策なのだから、あながち間違ってはいないのだがそれではジュリエットの計画に支障が出る。

なるべく周囲にそうと疑われないように、長い時間をかけてマーカスに王位を授けるつもりだった。

傀儡の術も遺体とすり替えるための魔道具も、用意してきてはいたけれどジュリエットは使う予定ではなかった。特に魔道具のほうは高価で希少なものなので、奥の手として持っていただけだ。

彼女とて計画が順当に進められるのならばこんな面倒なことはしたくなかったし、マーカスがことごとく邪魔してさえこなければ全て上手くいっていたのだ。

ジュリエットは、時間をかけることの重要性を理解している頭目だ。

マーカスを懐柔《かいじゅう》する間に、誘拐組織や麻薬組織、更には別の金になる犯罪組織をエメロード国を温床として育て、この国を弱らせると共にグウィルトに資金を流す計画だった。

政治よりも金儲けが得意なことを彼女は誇りに思っているし、事実これまでその手腕を遺憾《いかん》なく発揮して、故国であるグウィルトに貢献してきた。

今回も、マーカスが余計なことをしなければ彼にそうとは気づかれずに操る自信はあった。だというのに、あのセシアとかいう貧相なメイドがおかしな介入をしてきたせいで、急遽シナリオを書きかえる必要が出てしまった。

勿論機転の利くジュリエットは、事態の動きを見ながらその場でシナリオを書き換え、自身の望む方向へと流れを引き寄せてきた。

しかし、少しずつズレが生じたせいで完璧だった計画は崩れ始め、致し方なくいくつか優先順位の低い条件は無視するしかなくなった。

一つ目は、ロナルドの死を事故に見せかける余裕がなくなったこと。

二つ目は、仲の良い王太子夫妻になるはずの未来の夫・マーカスの心を壊して、真実操り人形にするしかなくなってしまったこと。

ロナルド殺害を、あのいけ好かないメイド、セシアの犯行に見せかけるつもりだったが、今となってはそれも不可能だ。

余計な手間ばかり増やされて、ジュリエットはセシアに苛立っていた。

破綻の発端は、ジュリエットがマーカスのことを見た目通りの気楽で呑気な王子様だと判断してしまったことに始まっているのだが、彼女はまだそのことに気づいていない。

「傀儡の魔法は禁術。しかも、操り人形にしちゃうのに、その対象の承認がいる、だなんて馬鹿みたいな方法なんですもの、そりゃあ廃《すた》れますわよね……」

ペック伯爵からロナルドを渡されて、ジュリエットは嫌そうに顔を顰める。彼女はふにゃふにゃした赤子も、理屈の通じない子供も大嫌いなのだ。

その間に伯爵はマーカスに近づくと彼の腕を切りつけて、用意してあった傀儡の術を作動させるための魔道具にその血を垂らす。

「さ、目の前で甥を殺されたくなかったら承認なさって、マーカス様。大丈夫、あなたを立派な王様にしてさしあげますわ、このわたくしが」

ロナルドにナイフが向けられる。ジュリエットは、マーカスが断れば本当に稚《いとけな》い幼子のあの柔らかな肌に凶刃を突き立てるだろう。

だが。

魔法錠をつけられていてなお、ぴりぴりとマーカスの肌を魔法の気配が取り巻く。ここに連れてこられる前に彼が仕掛けた目印が近づいているのが分かる。

「……俺はアンタより数倍人を見る目があってな。しかもチャンスは絶対に逃さん」

「は？」

「俺の部下は優秀なんだよ」

そう断言した途端、窓と扉の両方が激しい音を立てて開き、弾丸のように人が飛び込んできた。キースとフェリクスだ。

キースがペック伯爵を殴り飛ばし、一呼吸のうちにマーカスを連れて下がる。

一方フェリクスが向かってきたことに気づいたジュリエットは、すぐさまナイフをロナルドに突き立てるべく振り下ろした。

「待て!!」

フェリクスが怒鳴るが、当然待つわけがない。が、フェリクスに続いて部屋の戸口に現れたセシアが、すぐさま魔法を飛ばした。

「させない！」

正確無比な精度で放たれた風の魔法はジュリエットの腕を射貫《いぬ》き、ナイフを吹っ飛ばす。

「痛っ！」

「さすがっ！」

フェリクスはそう言うと、素早く動いてロナルドの奪還に成功した。ジュリエットは状況を理解すると、ペック伯爵に怒鳴る。

「わたくしを連れて逃げなさい!!」

「は……」

ペック伯爵が逃げの態勢に入ろうとするのを見て、セシアは高らかに笑った。

「どこに逃げるの？」

セシアがそう言うと共に、ドカン！　と派手に船室の壁を吹き飛ばす。強風を受けて砂塵が流れ、開けた視界には、青い空と、この船を取り囲むようにずらりと並ぶエメロードの船隊。

「いつの間にこんな……！」

ジュリエットがそう零すと、セシアが長い黒髪を風に遊ばせて誇らしげに笑う。

「私の魔法の師匠は、天才なの。殿下が私の髪に残した魔力で殿下の位置を正確に割り出し、同時に防音魔法を逆にかけてあなた達に悟らせないように包囲することだって出来ちゃうんだから」

エメロード側の船に乗っている騎士や兵士達は、魔法錠をかけられて血を流すマーカスと、フェリクスに抱かれているロナルドを見て咆哮《ほうこう》を上げる。血まみれの魔道具もそこにあり、誰がどう見ても言い逃れ出来ない状況だった。

「この……っ！」

ジュリエットはセシアを睨みつけると床に落ちたナイフを驚くべき速さで掴んだ。そのままセシア目がけて突進してくる。

セシアに言わせると〝悪役のセオリー〟だ。

「セシア」

マーカスが呼ぶと、セシアは唇の端を吊り上げてゆっくりと魔法を構築した。浮き立つセシアの気持ちが、魔法の粒子となって弾けるのが見える。

「大丈夫、手加減してあげるから」

言うが早いか、セシアはナイフを躱《かわ》しその勢いのまま魔力を乗せた拳をジュリエットに叩き込んだ。

ゴッ！　という鈍い音がして、ジュリエットの体が壁に叩きつけられる。

「……いいの入ったなぁ」

キースがボソリと呟き、マーカスはそんな場合ではないのに誇らしげに笑ってしまった。

勿論、他の面々もこの状況を単純に観戦していただけではない。

キースが、ジュリエットすら置いて逃げようとするペック伯爵を投げ飛ばし、拘束する。

気絶したジュリエットにも縄がかけられ、次々に船に移ってきたエメロードの騎士が彼らを連行していった。

長々とジュリエットと会話をしてマーカスが時間を稼いだ結果の、あっという間の捕り物だった。

その後、風通しのよくなった船室に現れたのはレインで、彼はマーカスにかけられた魔法錠を忌々《いまいま》しげに壊すと、マーカスの前に跪《ひざまず》く。

「お迎えに上がりました、殿下」

「ご苦労」

いかにも王子らしく鷹揚に頷くと、マーカスは自分で傷を癒した。その姿を、セシアが怖い顔で睨みつけている。

これは後で叱られるなぁ、と思いつつ、マーカスは気づかないフリをしてフェリクスに抱えられている甥の様子を見に向かう。

「ロナルドはどうだ？」

「……呼吸は安定しているので、眠っておられるのかと」

フェリクスが慎重な見解を言うと、ロイが駆けてきた。

「ロイ、ロナルドを診《み》てくれ」

「マーカス殿下！　ご無事でよかったです……！　はいはい、こちらの小さい王子様は大丈夫ですよ、魔法で眠っているだけですね」

さっとロナルドに手を翳したロイが、朗《ほが》らかに言う。

殺すつもりだったためか、赤ん坊にはごく一般的な眠りの魔法がかけられているだけだった。

ロイが慎重にその魔法を解いた途端、乾いた空気と晴れた空の下にロナルドの元気いっぱいの泣き声が響き渡った。

その後。

アニタの部屋から発見された大量の証拠が鍵となり、今まで状況証拠のみで立件出来なかったジュリエットのエメロードでの犯罪が次々に暴かれた。

二課からもかなりの調査資料を提供し、他国でのこととはいえさすがにジュリエットに極刑が下されようとしていた頃、タイミングよくグウィルトから「本物の」外交官であるペック伯爵が交渉のためにやってきた。

彼は、「ジュリエット様と共に拘束された男はペック伯爵の名を騙《かた》った偽物であり、禁術使いの殺し屋としてグウィルトでも手配されていた犯罪者なのだ」と堂々と言ってのけた。

「……そのような言い分が通ると、本当に思っているのですか」

エメロード側の交渉役である外務大臣、マイロン卿は厳しく言及したが、本物のペック伯爵だと名乗った男はいかにも残念そうに首を横に振った。

「通る通らないではなく、事実そうだとしか私には申しようがありません」

ふざけるな、というマイロン卿の怒りを察して、ペック伯爵は素早く言葉を続ける。

「嘆かわしいことに、ジュリエット王女は自分の立場を利用して大犯罪を行っていました。当然、グウィルト国はそれを知りません。知っていたら勿論止めていましたとも、ええ」

伯爵がまるで馬鹿にしているかのようにペラペラと喋《しゃべ》るのを聞いて、マイロン卿は眉間に深い皺《しわ》を刻んだ。

「……ペック伯爵。事がそのような屁理屈で誤魔化せるような規模のことでないことは、お分かりでしょう」

グウィルト側の主張としては、あくまでジュリエットの単独犯行だというのだ。規模の大きな国際的犯罪組織を操っていたことも、その資金源も、アニタのような密偵をエメロード城内に潜入させていたことも全て。

そんな言い訳がまかり通るわけがない。

「我が国の王族を三人も誘拐し、最終的には王子をも亡き者にしようとしていた計画、これはもはや国に対する宣戦布告です。グウィルト国が関知しておらずとも、貴国の王女がその権力を使って行った罪。全くの無関係で押し通せるとは思わないでいただきたい！」

マイロン卿が更に語気を強めて追い詰めようとした時、ペック伯爵はすらりと書類を取り出した。

「無論ジュリエット王女が独断でしたこととはいえ、彼女は我がグウィルトの王女であり、今回の訪問が王の名代だったことは事実。グウィルト国王も非常に胸を痛めております」

グウィルトの狸ジジイの黒い腹だの胸だのが痛もうと、エメロードにとってはなんにもならないのだ。マイロン卿はグウィルトからの正式な謝罪と賠償を勝ち取るまで、断固戦い続けるつもりでこの場に立っていた。

マーカス王子が無茶をしがちなのは有名な話だ。才覚に優れているが、政治には自分はあまり関わるべきではないと考えていて、兄王子に全て任せてしまっているところがある。故に、それ以外のところで全て片付けようとするきらいがあった。

確かに政治は、荒事を解決するように白黒ハッキリつけられるものではない。しかしマイロン卿は、ここらであの王子にもしっかり教えておいてやりたかった。

彼が国と民を思いやって無茶するように、政治とて彼や彼の愛する国を守ることが出来る、ということを。

同じく、国を守る盾なのだということを。

「……結構。では、まずはジュリエット王女とマーカス王子の婚約破棄に関する賠償の話に移らせていただきましょう」

マイロン卿は搾《しぼ》り取れるものは全て搾り取るつもりで、決然と顎を引いた。


結果。

後日賠償の内容と金額を聞いたマーカスは、腹を抱えて笑っていた。彼の落とした書類を拾い、内容を見たクリスは青褪める。

「この額は……！」

「えげつないな！　さすがマイロン卿、素晴らしい働きぶりだ」

「いや、しかし殿下達が危険に晒されたことを考えると、金品で贖《あがな》えるものではありませんからね」

グヴィルトからの正式な謝罪も勿論取りつけたが、それは「ジュリエットに勝手をさせて申し訳ない」という主旨の謝罪。彼女一人を切り捨てて、グヴィルトは体面を保ったのだ。

クリスもマイロン卿と同じく、ジュリエットが勝手にやったこと、などというグヴィルトの主張を断固として受け入れていない一人だ。

「だが戦争をするわけにはいかないのは、うちも向こうも同じだ。メイやロナルドには悪いが、外交上の膿を出して国内での犯罪を阻止出来たのだから、王族の義務を果たしたとしなければな」

戦をすれば、一番被害を被《こうむ》るのは民。それは出来る限り避けねばならない事態だ。グヴィルトとて王女の一人を切り捨てるほうが容易《たやす》かったのだろう。

王族としての義務を第一に考えすぎるマーカスに、クリスは歯痒い気持ちを抱える。彼の敬愛する主は、素行には問題があるものの公《おおやけ》ばかりを優先して私欲がなさすぎるのだ。

本人は自分の好きなように行動していると言うし、実際そうなのだが、行動する目的が全て国のためなのだ。

少しでもいいから国ではなく自分を優先して欲しい。しかしそう進言することはマーカスの在《あ》り方を否定することになるので、クリスには出来なかった。

「さて、そろそろ体が空くか？　今後の予定は」

ひとしきり笑ったマーカスは、書類に判を押してクリスに押しつける。

今回はいろいろと無茶をしたものだから、処理する書類が通常の倍ほどもありマーカスは二課に通う暇がない。しかし賠償の額を考えると、彼らの経理監査部としての本業も忙しそうなので向こうに行けたとしても遊んではくれなさそうだ。

「セシアからお目通り願いが来ていましたので、許可しておきました」

クリスがしれっと言ったので、マーカスは驚く。

「なんで許可した！　怒られるだろう、絶対!!」

「……殿下がセシアを避けておられるようでしたので。可哀相でしょう」

怒られてしまえ、という本音をクリスは笑顔の下に隠した。


グウィルトから正式な謝罪文書が届き賠償金が支払われると、ジュリエットは早々に強制送還されることとなった。

本物のペック伯爵は残務処理がありエメロードに残るため、王女を見送りに港まで来ていた。

彼女が捕まった時同様によく晴れた、風の穏やかな船旅日和《びより》である。あちこちで船員が忙しく立ち働いていて、護送してきたエメロードの兵士達以外に大罪人であるジュリエットに注意を払う者はいなかった。

「ご苦労だったわね、ガーラン子爵」

ジュリエットが嫌味たっぷりに言うと、ガーラン子爵と呼ばれた〝本物のペック伯爵〟は口元に人差し指を当てて笑う。

「殿下、此度《こたび》のツケは高くつきますよ」

「……わたくしにそんな物言いをするなんて、偉くなったものね」

忌々しげにジュリエットは唇を歪める。彼女は拘束こそされていないが、罪人としてエメロードからグウィルトに引き渡されるので、服装も質素なドレスであり帰国の船も王女が乗っているとは思えないほど質素なものだ。

ペック伯爵を名乗っていた男は国賓でもなく勝手に外交官を名乗っていた罪人だったとして、グウィルトに返還されることなくエメロードの地下牢獄に繋がれている。必要な情報を聞き出し刑が確定するまではそのままだが、王子を二人も誘拐しておいて生き永らえることが出来るほどエメロード司法は甘くない。

ジュリエットの棘《とげ》のある物言いにも本物のペック伯爵が微笑みながら黙っていると、彼女は少し気まずげに眉を顰めた。

「……でもそうね、まずは国王陛下に報告する問題点と改善策を纏めなくては」

フン、と鼻を鳴らして彼女が言うと、そこでペック伯爵はようやく口を開いた。

「弁明の機会があるといいですねぇ」

「この……っ！　子爵風情が、わたくしに向かって偉そうな口を利いて、後で後悔しても遅いわよ」

カッとなったジュリエットがそう鋭く叱責するが、彼は全く動じない。それどころか、ニヤリと笑ってジュリエットを蔑《さげす》むように見た。

「殿下のほうこそ、口を慎まれますよう。私は陛下から正式に授爵した、正真正銘のグウィルト外交官・ペック伯爵なのですから」

「!!　……では、今エメロードに捕まっている彼は……」

「伯爵の名を騙った、ただの罪人ですねぇ」

――その罪人を連れてきたジュリエットも。という言外に秘められた意味に気づいて、彼女は青褪めた。

この男がグウィルトを出る前に既に〝ペック伯爵〟として授爵していたということは、グウィルト国王は元ペック伯爵であった男を見限った、ということ。

となると、実の娘とはいえ国に大きな損害を与えた王女を、あの冷酷な王が許すとは思えない。

「……ヒッ」

そのことに気づき、護送してきたエメロードの兵に向かって叫ぼうとしたジュリエットは、グウィルト側の兵に丁重かつ強引に船に乗せられる。ガタガタと震えるジュリエットにはいつもの冷静さがない。

常の彼女ならば、自分が今乗り込んでいる船に乗る船員が異常に少ないことや、自分の宝飾品など価値のある荷物が一緒に乗せられていないことに気づけたはずだった。罪人とはいえ、船が質素すぎることにも。

「それでは殿下、よい旅路を」

にっこりと微笑んで、ペック伯爵はジュリエットの出航を見送った。

後日エメロードには、ジュリエットと少数の供《とも》を乗せた船がグウィルト領海に入ってしばらくして嵐に見舞われ消息を絶った、という報せが届いた。

よく晴れた、穏やかな日の出航であったにもかかわらず。

目通りを申し込まれた時間にマーカスが訓練場に行くと、セシアは一人椅子に座って道具の手入れをしていた。最近ではマーカスよりもセシアのほうがここを使用している時間が長く、訓練用の刃を潰した剣や棒術用の棍など、彼の記憶にあるよりもかなり使い込まれている。

マーカスに気づくと、彼女は慌てて立ち上がって礼を執った。

「お時間いただいて、ありがとうございます」

「ああ」

「その……ジュリエットや………アニタさんのことを聞きたくて」

ジュリエットが海難事故で亡くなった報せはエメロード国内でも様々な憶測を呼んでいたが、事がグウィルト領海で起きていては当然真実を知ることは出来ない。皆それぞれに思うことはあったが、当のジュリエットの口から聞き出す機会は永遠に失われてしまったのだ。

アニタは現在も警備部の取り調べを受けている。一時的に二課と協力関係にあったといっても警備部がおいそれと詳細を教えてくれはしない。

素直に供述しているとだけ知らされていて、彼女が今どんな様子でいるかまではセシアに知る術はなかった。

「ああ……警備部の聴取にはとても協力的で、彼女の部屋から見つかった証拠についても詳しく話しているようだ」

そう。ジュリエットは決定的な証拠になるものをエメロードになにも持ち込んでいなかったが、アニタのほうはまるでこうなることが予想出来ていたかのように、きちんと保管し部屋に隠し持っていたのだ。

マーカスが警備部の協力をスムーズに得ることが出来、港でグウィルトの船をあれだけの大人数をして追い詰めることが出来たのも、アニタの保管していた証拠のおかげだった。グウィルトからの使者が来るまで黙秘を続けていたジュリエットと違い、アニタは聞かれたことには淀みなく答え、今やジュリエットの計画の全貌は明らかになりつつある。

「…………私はまだ、なにも割り切ることが出来ません」

セシアの言葉に、マーカスは頷く。

精査する必要もないほど整頓された証拠の数々は彼女のエメロードでの五年間の記録でもあり、簡単には言葉に出来ない様々な感情が込められているようにマーカスには感じられた。

ジュリエットへの恩義、エメロードでの自由な生活、メイヴィスとの信頼関係。仕事を誠実にこなせばこなすだけ返ってくる、やりがいと喜び。

グウィルトでジュリエットに救われたことは本当だが、アニタのエメロードでの日々は確かに幸せだったのだ。

だから彼女は、最後にジュリエットから囮として残ることを命じられてそれを引き受け、一方で部屋にあれだけの証拠を残していた。割り切ることの出来ない愛惜が、そこにはあった。

「……アクトン侯爵令嬢を見つけることになった、あの夜会の招待状はメイから貰ったものだった。あれも今思えば、アニタが誘導していたのだろうな」

「…………最後に二人で話していた時……アニタさん、ジュリエットのことを〝姫様〟って呼んだんです」

セシアが唇を噛む。

アニタは、メイヴィスを誘拐したりエイミーを薬漬けにしたり、ロナルドを殺そうとした女の手先だ。

ずっと、嘘を吐かれていたのに。

「でも、別の時にメイ様のことも、そう呼んでた……」

セシアが言葉の合間に溜息をつくと、ぽろりと涙が零れた。マーカスは黙ってセシアを抱き寄せる。

ジュリエットはいなくなり、黙秘を続ける元ペック伯爵はグウィルト側からかの国とは関係のない男だと正式に回答を得ていた。犯罪の立証にはアニタの残した証拠で十分であり、彼女の聴取がすべて終われば、刑は執行される。

素直に聴取に応じていることと、彼女の証言のおかげでジュリエットの居場所をすぐに特定できたことを鑑みて死刑執行人による処刑ではなく、毒杯を賜《たまわ》る温情がかけられた。

それを聞いて、セシアは静かに泣き続けた。なかったことには出来ない、いまさら助けられるとは思っていない。

マーカスは他に出来ることもなく、今はただ友人を失う悲しさに泣いているセシアに寄り添っていた。

しばらくしてマーカスがそっと抱擁を解くと、セシアは泣いてしまったことが恥ずかしいのかわざと唇を尖らせる。

「それにしてもあの外交官、しれっと全部の罪をジュリエットに負わせて……！　なんてひどい」

「お前はジュリエットのことは許さないと思っていたが」

「許してません！　それでも……生きて償《つぐな》わせるべきだったと思っています、死んじゃったらなんにもならないのに……」

セシアが言葉に詰まると、マーカスは彼女を再び抱きしめた。確かに死んでどうなることでもない。

でも、死ぬことでしか贖えない罪もあるのだ。誘拐されて他国に連れていかれた女性達は、身寄りのない者も多かったせいでそもそも誰が連れ去られたのか把握しきれておらず、取り戻すのに難航している。

またアクトン侯爵令嬢であるエイミーを筆頭に、麻薬の後遺症で苦しんでいる者も多い。

それらの追跡捜査のために、ジュリエットからの情報はまだまだ必要だったため、もしもエメロードに留め置くことが出来るのならば生かしておく、というのがエメロード側の考えだったが、当然全ての情報を聞き出したあとには極刑が待っていただろう。

エメロード側としては情報を引き出すことも出来ず、司法の手も届かないところにジュリエットを一方的に連れていかれたという点では、グウィルトへの強制送還も暗殺も大きな差はない。

罪を犯した王女が不幸な事故で亡くなった、という体裁を手に入れたグウィルトのほうにメリットがあったぐらいだろう。

だがグウィルト領海での事故に見せかけ暗殺されたということで、ジュリエットは独断で動いていたのではなくグウィルトが裏で彼女に指示していたと、疑いようがなくなった。

唯一証言の取れそうなグウィルトの外交官、元ペック伯爵は未だ黙秘を続けていて証言が取れる望みは薄い上に、五年間エメロードにいたアニタもジュリエットの背後については詳しく証言出来ない。

だとしたら、悔しいがこの件はここで終わりだ。ジュリエット王女の、独断専行による犯罪。そんなお粗末な結末で一番悔しいのは当のジュリエット自身だろう。

「絶対グウィルトの国家ぐるみの陰謀なのに、暴くことは出来ないんですか？」

「……証拠がない。ジュリエットはエメロードになにも証拠を残さなかった、最後ですら、現行犯だったから言い逃れが出来なかっただけだ」

「……」

セシアは縋《すが》るようにマーカスを見つめる。悔しい。なにもかもが、悔しい。

「…………だが、今回は我々の勝利だ」

「え？」

「アニタを失い、ジュリエットを逃がし、グウィルトの罪を追及する術はなくなったが、運河の交通に関する交渉はエメロードに有利な条件で進めることが出来た」

「……はい。でもスッキリしません」

「国家間のことは白黒割り切れることのほうが少ない。スッキリさせようとすれば究極、戦争になるだろう」

「！」

「いや、これは極端な例だ。そうならないために議会があり、法がある……万が一戦争をやって白黒つけたところで、一番被害を受けるのは国民だ」

「……そうですね」

なにも悪くなかったアニタを、ここまで歪めてしまったのもまた国の在り方だった。恐らくジュリエットも。

「それこそ最も避けるべき事態。今回はエメロード側に有利な状況で終わり、国民の生活はいくらか豊かになるだろう。我々は私怨で動いているわけではなく、国益……国民を守るために動いているのだから」

「なるほど……そう考えれば、確かにエメロードの勝利ですね」

スッキリしないのは変わらないが、目的を果たしたのはこちらなのだ。

今日も明日も明後日も、この平等ではない世界で生きていくしかないのだ。

「話ってこれだったのか。わざわざ目通りを申し込まれたから、俺はてっきりジュリエットに捕まったのを叱られるのかと思って警戒していた」

マーカスが朗らかに笑って言うので、セシアは赤くなった目元を吊り上げてキッと彼を睨む。どうやら藪蛇《やぶへび》だったようだ。

「それは怒ってます！　あんな……わざと捕まるようなことをしたでしょう？」

おそらくマーカスはジュリエットの部屋に行った時点で、あの展開を予想していたのだろう。

セシアの髪に後で追跡出来るように魔力を付与しておいたのも、魔法錠がかけられてしまえばマーカスのほうから連絡を取ることもできず、伝令が届かなくなってしまうことも想定済だったかのような動きだった。

セシアの髪に宿ったマーカスの魔力は、必要な手順を踏めば魔力の持ち主であるマーカスの下に戻ろうとする習性がある。その手順をロイが行えることも当然マーカスは見越していたのだ。

「……そんなことないぞ」

「目を逸らさないでください。あなたは、自分を餌にしがちなところがありますから……皆、あなたのことが大切だから、心配なんですよ」

セシアが目を伏せて言うと、マーカスは重い口を開いた。

「…………あの時点では証拠がなかった、ロナルドがどんな扱いを受けているかも、赤子の体力がいつまで保つかも分からなかったしな」

言外に他に方法がなかった、と言われても簡単に納得出来るものではない。セシアが無言で睨んでいると、マーカスは両手を上げて降参のポーズを取った。

「……だが、心配をかけて悪かった」

「でも同じ状況になったら、何度でも同じことをするんですよね？」

「当然だ」

あっさりと言われて、セシアは唇を噛む。

「…………本当に、そのすました顔を殴ってやりたい」

それを聞いて、マーカスがまた笑う。

「構わないぞ、それぐらい心配をかけた自覚はある」

「……私には、その権利はありません。不敬に当たります」

セシアは悔しそうに顔を背ける。

だらりと垂れさがったセシアの手を握って、マーカスは気を引くように力を籠《こめ》た。

「お前にはその権利があるよ、セシア」

そう言って、彼はその場に跪く。大きな両手で手を握られて、セシアは驚いて目を丸くした。

滅多《めった》に人が来ない場所だといっても、絶対ではない。王子が跪いている姿など見られたらどうなることか。

「殿下、膝をつくなんて……！」

「……ジュリエットに錠をかけられた時は言葉にならないほど腹が立ったが、こちらはなかなかいいな。これが正式な所作だろう？」

ニヤリとマーカスは笑う。青褪めるセシアの手に、音を立ててキスをした。

「え」


「俺と結婚してくれ、セシア」


時が止まったかのような沈黙のあと、言葉の意味を理解したセシアは咄嗟に叫ぶ。

「むっ、無理です!!」

「嫌ではなく、無理ときたか」

傷ついた様子もなくマーカスが笑う。マーカスとしては、たくさんセシアを傷つけてきたから、今マーカスが彼女に傷つけられることすら甘んじて受けるべきだと考えていた。

「私、平民ですし、あなたは王子様ですし、ええと、私……私」

つまるところ、セシアがマーカスとの恋の成就《じょうじゅ》をちっとも期待していないのはそのせいなのだ。

「身分の違いならば、俺が解決してみせる」

「ダメです！　そんな特別扱いしたら、後できっと問題になる……私のせいで、あなたにケチがつくのが嫌なんです……！」

マーカスのことだから、例えばセシアを上位貴族の養女にするだとかなにかしらの解決策を用意出来てしまうだろう。だが、それではダメなのだ。

マーカスがこの国で自由で、発言権があり信頼されているのは、彼が公平で正しいからだ。

いくら王子でも私利私欲のために権力を使う者を、国民は許しはしない。ジュリエットへのグウィルトからの仕打ちは行きすぎだと思うが、国の規模で考えればなにかしらの制裁が下るのは当然のことと言えた。

国と民を守ることに尽力しているマーカスに、これまで命を懸けて精一杯王子として務めてきた彼に、セシアのせいで瑕疵《かし》がつくのは耐えられない。

彼には誰よりも自由でいて欲しかった。

そんなことになるぐらいならば、セシアはマーカスから離れたほうがマシだ。

甘い恋のときめきなど露《つゆ》ほども感じさせず、頑固なほどの強い意志を滲《にじ》ませるセシアの宣言をマーカスは照れくさく感じて笑った。

「笑いごとじゃないんですよ！」

ここでも叱られて、「悪い、」と取り成す。

「すまん、そこまで俺の信条を守ろうとしてくれてることが嬉しくてな」

「……殿下が、役目のために我欲を律してることぐらい、少しでもあなたと共に過ごせばすぐ分かります」

セシアが手を引こうとするが、マーカスは離さない。

マーカスは、もうセシアの手を離すつもりはないのだ。

「……だから、自分は告白してスッキリしておいて俺から離れようとしてたのか？」

「！　なんで、分かって……」

「それこそ、すぐに分かる。五年の付き合いを舐めるな」

五年。

そう、セシアとマーカスはもう知り合って五年も経つのだ。

「……殿下のことは、三年分しか知りません」

負けん気の強いセシアがそう言って抵抗するので、マーカスは楽しくなって声を上げて笑う。

彼女といると、マーカスはたまらない気持ちになるのだ。

守りたい、大切にしたい、自由であって欲しいし、そばに留めておきたい。

傷つけたくないけれど、傷つくのならば自分のせいであって欲しい、とも思う。

国や民、家族のためならばマーカスはどれほどだって我慢が出来る。

それが一番いい方法だとしたらその相手に二度と会えなくなっても、相手の幸せのために離れることも出来た。

でもセシアだけは手放せない。彼女を幸せにするのも、不幸にするのも、自分でありたい。

そして願わくば、一緒に幸せになりたい。

「分かった。それがお前の望みならば、俺は俺の信条を変えることなく誰もケチのつけようがないぐらい、完璧に障害を取り除こう」

「だから、そういう話じゃなくて……」

セシアが言い募るので、マーカスは強引に言葉を奪った。

「セシアのことが好きだ。愛している。必ず幸せにするから、俺のことを幸せにしてくれ」

カッ、とセシアの顔が赤く染まる。ストレートな言葉は、プロポーズの言葉よりも直接彼女の心に届いたらしい。

「そんな言い方、ズルい……」

「伝えたいだけ、と言ったお前に言われたくないな」

ニヤ、とセシアが悪童のようだと称する笑みを浮かべてあの空き家での告白を持ち出すと、セシアは口ごもる。

「……絶対に、誰にも文句言わせない方法があるんですね？」

用心深く確認してくる現実的なセシアに、マーカスは鷹揚に請け負う。

「それに関しては既にアテがある」

「……王子の権力とか、使っちゃダメですからね」

「……しつこいな。ここはロマンチックな場面だぞ、返事は肯定一択しか許さん」

食い下がられすぎて、さすがのマーカスも拗《す》ねてしまいそうだ。本命の女性を口説くというのはこれほどまでに大変なことだったのか。

全ての恋人達を、マーカスは明後日の方向から尊敬した。

「……なぁ、そろそろ折れてくれよ」

マーカスがそう言うと、ぼろっ、と大粒の涙がまたセシアの瞳から零れた。

「……今日はよく泣く日だな」

「原因を作った人に言われたくない、です……！」

気が強くて、意地っ張りで、年頃の娘なのに信条が徹底抗戦などと物騒なセシア。

本当は素直で努力家で、寂しがり屋な、マーカスの可愛くて愛しい捨て猫。

「……好きだ。俺と結婚してくれ」

二度目の言葉には、もうセシアは逆らわなかった。

「はい……私も、あなたのことが好きです」

瞬間、マーカスがセシアの腰を摑んで抱き上げる。突然高くなった視界に、彼女は悲鳴を上げた。

「ひゃっ!?　殿下！」

「言ったな、もう取り消し不可能だからな！」

子供みたいなことを言って、マーカスは子供のように晴れ晴れとした笑顔を浮かべた。セシアもやがて、同じような表情を浮かべて笑った。

セシアが、マーカスのためならば何もかも投げ打ってもいいと考えていることは分かっていた。マーカスはそんな彼女ごと、なにひとつ損なわないように全部包み込む。

「はい。あなたが私を拾ったんです、もうどこにも行きません」

「ああ、二度と離さん」

しっかりとセシアを抱きしめて、マーカスは幸福な溜息をついた。


ところで。

「……殿下と結婚するということは、私、王子妃になるってことですよね」

「ああ。どうした、突然権威欲でも出てきたか？」

地面に降ろしてもらったものの、マーカスに正面から抱きしめられたままのセシアがなにやらブツブツ言い始めた。解けたセシアの黒髪をいじりながら彼は首を傾げる。

「いや、権威とかよく分からないので……ということは、私と殿下は対等ってことですよね？」

「夫婦とはそういうものだろうな」

王妃や、マーカスとメイヴィスの母親である側妃も、必要であれば国王にきちんと意見をする。それは限りなく対等に近い立場だからだ。

話の着地点が予想出来ずにマーカスが更に首を傾げつつ返答すると、セシアはうんうんと頷く。

だが、着地点が分からないなりに、マーカスの脳裏で警鐘が鳴る。

「………セシア」

「略式ながら婚約が成立し、私とあなたは対等な立場になったということで、つきましては殿下」

にっこりとセシアが微笑む。五年の付き合いでも初めて見る、とても可愛らしい笑顔だ。

嫌な予感しか、しない。

「落ち着け、セシア」

「歯ぁ食いしばってください」

拳を握った婚約者が、そこにいた。

ついにセシアは念願の、マーカスを殴る権利を手に入れたのである。


後日。

謁見の間の扉前まで来たセシアを見て、エスコートのためにセシアをそこで待っていたマーカスが目を見開いた。

燃えるような赤いドレスに翡翠の飾り。二人で踊った、あの夜にセシアが着ていたドレス。初めてその姿をマーカスに見られた時、セシアは慌てて意図を隠そうとした。けれど今はその色を纏う意味を十分に理解してなお、堂々としている。

「お待たせしました」

「いや……」

ドレスを摘んで見せて、セシアは微笑む。

「おかしいですか？　……ちょっと太ったかも、誰かさんがたくさん食べさせようとするから」

マリアだ。彼女は会うたびに、セシアに栄養のあるものをたらふく食べさせようとする。

「いいや、相変わらず似合っている」

「……メイ様からいただいた一張羅《いっちょうら》で、お気に入りです」

大きな手の平が差し出されて、セシアはそこに自分の手を重ねる。視線が合うと、マーカスが眩《まぶ》しそうに目を細めた。

「とても美しい」

「ありがとうございます」

嬉しくなって、セシアは素直に微笑み返す。

そして扉の脇に立つ衛兵が、高らかに二人の入室を告げた。

「さぁ行こうか、婚約者殿」

「援護は任せましたわ、未来の旦那様」

視線を絡ませて、二人で悪戯っぽく笑う。

両開きの扉が大きく開け放たれ、真っ直ぐに玉座へと道が続く謁見室が広がる。絨毯の敷かれたその道を、マーカスにエスコートされてセシアは一歩ずつ堂々と歩いた。

背の高いマーカスの隣を歩き彼の色を身に纏うセシアがどんな存在なのか、一目瞭然だ。

ほう、と自然と誰かから溜息が漏れる。

所定の立ち位置まで来ると、二人は足を止める。

マーカスがセシアを見て小さな声で囁いた。

「一人で平気か？」

「……はい」

緊張しているものの、セシアはしっかりと頷く。マーカスが勇気づけるようにセシアの肩を撫でて、そのまま王族の並ぶ列へと移動した。その顔にはほんの少し心配そうな色があるが、ここはセシアのためのステージだ。

しばし間があって、セシアは名を呼ばれる。

「セシア・カトリン」

「はい」

背筋を伸ばし、綺麗な所作でカーテシーをする。これも、アニタに叩き込まれた所作の一つだ。体幹を揺らさないこと、軸足をしっかりと意識すること。

今のセシアは、たくさんの人の教えの下に出来ている。勿論、マーカスに教えられた多くのことも含めて。

たくさんの教えと恩があり、マーカスはセシアの愛する人でもある。

彼に、彼の在り方を変えさせたくない。セシアが彼の弱みになりたくない。

もう捨て猫の自分ではないから、堂々と胸を張って恋を勝ち取りに行く。

顔を上げると、エメロード国王が見えた。

マーカスとはちっとも似ていない、いかにも厳しそうな顔つきの男の人。セシアの父親世代よりは少し年上に見える。

顔を動かさないようにして視線だけで確認すると、王の左右にそれぞれ席を設けられて座っている二人の美しい女性が見てとれた。正妃と側妃だ。

マーカスとメイヴィスの母親である側妃・ミュリエル妃は、その容姿がそのまま二人の子に受け継がれたようだ。燃えるような真っ赤な髪も翡翠色の瞳も、この成り行きを面白そうに眺めている表情もそっくりだった。

「今回の件では、特に大きく事件解決に貢献したと聞いている。大儀であった」

王の低い声は、意外にもマーカスに似ている。

声は骨格に関係がある、とどこかで聞いたことがあったので骨格の似ていない二人の声が似ていることにセシアは驚いたのだが、もしかしたら王子として振る舞う時のマーカスは父親を手本にしているのかもしれない、と思い至る。

マーカスが王に似ているのではなく、マーカスが王に似せているのだろう。だとしたら、少し可愛らしい。

フットワークの軽い第二王子が、威厳をイメージする時に一番に頭に浮かぶのがお父さんなのだ。父親を尊敬していることがよく分かる。そう思うと少し緊張が和らいで、セシアはほんの少し微笑むことが出来た。

続けて、その落ち着いた低い声が告げる。

「私の息子と孫を助けてくれたことに、礼を言う」

その言葉だけは、父として祖父としての言葉だったのだろう。厳しい目元が僅かに和らぎ純粋な感謝が伝わってきて、セシアの胸はぎゅっ、と熱くなった。

「……勿体ないお言葉です」

セシアが平民であることは、この場にいる誰もが知っている。不敬にならないように、言葉を選んでなるべく短い返答を心がける。

その甲斐あってか王は鷹揚に頷き、次に一段下に立つ、セシアには誰なのか分からないが恐らく進行役の、なにかしらの高い地位にいるであろう年嵩の男性が書類を読み上げた。

今回の事件解決に貢献した者の名と、与えられる褒賞だ。騎士には名誉を、他のものを望んだ者にはそれ相応のものが既に下賜されたことが説明される。

セシアは特にジュリエットに肉薄し様々な場面で活躍したので、直接国王陛下の言葉を賜る場を設けられたのだ。

と、いうことは今、ここに居並ぶ王族や大臣はセシアのために集まっていることになる。

別の意味で背中に汗が流れたが、張りつけたような笑顔を維持して乗り切った。確かにこの場はセシアとマーカスの仕掛けの舞台にぴったりだが、緊張しないわけではないのだ。

参列する王族をちらりと見ると、メイヴィスは心配そうにこちらを見ているし、王太子妃であるイーディスは大切そうにロナルドを抱いてこちらに感謝の視線を向けている。

ちなみに当のマーカスはニヤニヤ笑いが隠せていないので、後でまた殴ろうと思う。今度はグーだ。もう遠慮はいらない。

「そこで、セシア・カトリン。そなたの望む褒賞を与える、申してみよ」

セシアは経理監査部二課に配属になって一年。

その間に王女を助け、侯爵令嬢を助け、王子と次期王太子を助けた。これは総合的に見て、国を救ったと十分言える。

脚本はいたってシンプルだ。いつか当の王子様たるマーカスの言っていた言葉。

「それでは、恐れながら申し上げます」

救国の褒賞ならば、王女を娶《めと》ることも可能。

セシアは女性なので、王子をいただいても、いいだろうか？

「マーカス・エメロード様を、私の伴侶にいただきとうございます」

燃えるような赤髪の、素敵な王子様。彼が欲しい。

謁見の間は瞬間、セシアが何を言ったのか理解出来ず沈黙が満ちた。

セシアは皆の表情をつぶさに見遣り、反応を待つ。先ほどの男性、議会で議長を務めるフォード伯爵がようやく口火を切る。

「王子妃になりたい、ということか？」

「違います、マーカス様が欲しいだけです」

熱烈な告白のような言葉だった。

メイヴィスなどは顔を赤くして上品に口元に手を当てているものの、ここが謁見の間ではなく自室だったならば喜びの歓声を上げていたところだろう。

「かの方はエメロードの宝、おいそれと平民に下賜出来る存在ではない」

ハッキリと言われて、セシアは内心でほくそ笑んだ。そうこなくては、仕込みの意味がない。

この場できちんと反論してもらい、それを打破してこそ完璧にマーカスを手に入れたことになるのだ。

「議長、それに関して話をしたいという者がいるのだが、通しても構わないだろうか」

マーカスがフォード伯爵に声をかけた。彼は王子の発言を聞いて驚いたように目を丸くしたが、扉の前に立つ衛兵によって身元を確認済みなのを知らされて渋々許可を出した。元より王族や重要な地位に就いている者ばかりが集っているこの場の警備は厳重なので、一人ぐらい予定外の人物が現れても問題ない、という判断である。

マーカスが許可を受けて、衛兵に目配せをする。扉が再び開き、現れた人物を見て皆不思議そうな表情を浮かべた。

「御前、失礼いたします。アクトン侯爵、ベン・ラングドンにございます」

現れたのはアクトン侯爵で、彼は慣れた様子で綺麗に臣下の礼を執る。

国王はその礼を受けて軽く顎を引き、フォード伯爵はそれを確認してから侯爵に話を振った。

「アクトン侯爵、この場で話したいこととは？」

王の御前《ごぜん》であり、時間を無駄にしないために彼は形式ばった会話をせずに単刀直入に話に入る。

「はい。こちらのセシア・カトリン嬢に私の持つ男爵位を譲渡したいのです」

「!!」

フォード伯爵だけではなく、その場の誰もが驚いた表情を浮かべる。

確かに、高位貴族の中には複数の爵位を保有している家があり、便宜上家督を継ぐ前の嫡男《ちゃくなん》が名乗ったり、次男が受け継いだりすることはエメロードでもよくあることだった。

だが、爵位を全くの他人に譲ることは稀《まれ》だ。

「アクトン侯爵、なぜそんなことを？」

フォード伯爵が訊ねると、侯爵は軽く頷く。

「私の娘、エイミーはセシア嬢の働きにより命を救われました。そのためずっとお礼をしたかったのですが、娘は私の最も大切な宝。娘を救ってくれた恩に報いるに足る礼となると、並大抵のものではいけません」

やや芝居がかった物言いにマーカスの仕込みを感じて、セシアは笑ってしまわないように苦労した。

アクトン侯爵から褒賞の申し出を受けていたのは事実だが、受け取っていなかったのは見合う価値のあるものがなかったせいではなく、単純にセシアが返事をしそびれていただけなのだ。

「ですから、」

アクトン侯爵の言葉は続く。

「セシア嬢に私の持つ爵位を、差し上げることに決めたのです」

侯爵には二人の息子と一人の娘がいて、そのそれぞれに渡す財産は既に確保してあるのだと言う。その次に大切なものとして、複数保有している爵位のうち、最も低いそれであるヴァレン男爵位をセシアに譲りたい、という申し出だった。

エメロードの法では他人に爵位を譲ることは可能だ。ただし相続ではない場合、おいそれとプレゼントされても困るので国の承認が必要である。

アクトン侯爵は、この場でその申請の承認を取りつけたい、というのだった。

そんなことは前代未聞だ。

通常の手続きを経れば、なにも問題ないことではある。エメロードでは女性が家督や爵位を継ぐことも、授かることも可能だ。

「もっと早く申請をしたかったのですが、近頃なにやら国政がゴタついておりましたので私が突然他人に爵位を譲ると申してはお邪魔かと思い、今日まできてしまいました……」

殊勝な態度を取って見せるが、この舞台のために温存していたことは誰の目にも明らかだった。

事前に申請が通っていてセシアが男爵となっていたとしても、この場で彼女が王子と結婚したいと言えばなにかしら別の反論が出ていただろう。

しかし今現在、救国の英雄であり男爵位を譲り受けることが決まっている、という彼女の褒賞願いをこれ以上拒否すれば、議長のほうが執拗にセシアの功績を認めていないかのように見えてしまう。

切るカードは同じでも、最も効果のある時に切ることが重要であることをマーカスは心得ていた。

実際、その場にいた面々は驚きつつも、これまでの慣例から、アクトン侯爵の申請が問題なく通るだろうと予想していた。そして、そうなるとフォード伯爵がはじめに言った、セシアが平民なので王子との婚姻は認められない、という言葉が無効になることも理解していた。

仮に男爵令嬢であったなら王子との婚姻にやや身分が足りないというところだが、セシア本人が男爵となるならば足りぬとは言いがたい。

こちらはさすがに前例がないが明確な規定もないので、この場の人々の判断に委《ゆだ》ねることになるだろう。

そしてこの場には、この国の最高権力者がいる。

「っふ」

シン、と静まり返った部屋に、小さな笑い声が零れた。

すぐにその声は大きなものになり王の左に座しているミュリエル妃が上品に、しかし高らかに笑い出したのだ。

議長は勿論、事の成り行きを緊張しながら見守っていたセシアも驚いて彼女のほうを見る。

とても愉快そうにひとしきり笑った側妃は、口元を扇《おうぎ》で隠してなお笑い続けた。

「ミュリエル妃」

さすがにフォード伯爵が咎めるように言葉を挟むと、彼女はなんとか笑いを収める。未だ口元は笑みを刻んではいるが、ミュリエルはセシアを非常に楽しそうに見た。

「セシア・カトリンといったか」

「……はい」

視線で議長に発言していいかどうかを確認してから、セシアは礼を執って返事をする。

「わたくしの王子が欲しいと」

「……はい」

「なぜ？」

そう聞かれて、セシアはちょっと眉を下げた。ここで、そんなふうに聞かれるとは思っていなかったのだ。なぜ、だって、そんなの明白だ。

「……マーカス様のことを、愛しているからです」

それまで努めて冷静な表情を保っていたセシアだったが、改めて口にすると顔が赤くなる。

その初々《ういうい》しい姿を味わうように眺めていたミュリエルは、満足したように頷いた。

「マーカス、お前もか」

「はい」

マーカスはすぐに真摯に答えた。母親の気性は心得ている。ここではなんの小細工も隠し事もなくただ真実を言うべきだ。

「俺はセシアを愛しています。頑固な想い人は円満な婚約を望んだので、このようにさせていただきました」

「相変わらず悪戯好きな子よの」

「母上に似たのでしょうね」

マーカスが言うと、ミュリエルは満更でもなさそうに微笑む。

「陛下、わたくしはこの結婚に賛成ですわ。未来の王を救った功績は大きく、身分の差が解消されたとなれば、反対する理由がありません」

ミュリエルは堂々とその場で二人を支持する意見を出した。

正妃であるクラウディア妃も言葉こそ発しないものの、しっかりと頷く。

王太子レナルドとその妃イーディスは元々息子を救出することに尽力したセシアにそれこそ領地か爵位を授けてもいいと思っていたぐらいだし、メイヴィスに関しては言うまでもない。

第一王女、第三王子は別の公務のために欠席していて、他の王族の意見に従う旨を告げていた。

そして居並ぶ重鎮達は、そもそも彼らが第二王子の婚約者に決めたジュリエットが国家を揺るがす大犯罪者だったため、この件に関して意見を言いにくいところがある。

マーカスはある意味、今回の事件でグウィルトの王女と結婚する以上の利益をエメロードにもたらしていた。では、次の婚約者が救国の英雄であることに問題はない。

フォード伯爵が、最終決定を求めて王を仰ぎ見る。

それまで言葉を発さず成り行きを見守っていた国王は、ゆっくりとマーカスを見遣り周囲を見遣り、最後にセシアを見つめた。

「セシア・カトリン」

「はい」

セシアは深く頭を垂れる。

「そなたの功績を称え、第二王子マーカス・エメロードとの婚約を許可する」

「……ありがとうございます！」

セシアが言葉を絞り出すと、途端パチパチ！　とはしゃいだ拍手の音が聞こえた。

顔を上げてセシアがそちらを見ると、メイヴィスが嬉しくてたまらずつい拍手してしまったらしく、慌てて手を下げて淑女の礼を取る。だがおかげで、場の空気が和やかなものに変わり、セシアは彼女に感謝した。

「では、爵位譲渡の手続きと共に詳しいことは後日お伝えする。今日はこれにてしまいとする！」

フォード伯爵の高らかな声が謁見の終了を告げる。

王を始め、全ての出席者が部屋を出ていくまでセシアは頭を垂れて感謝の意を示し続けた。

誰もいなくなった謁見の間に、カツン、と足音が響く。

セシアが顔を上げると意外なほどすぐ近くにマーカスが立っていた。大きく切り取られた窓から午前の光が高い角度で入り込み、彼の燃えるような赤毛を照らす。

「お疲れ様」

「……なんか結局、殿下の主導で話が進んだ気がします。私、成り行きを見ていただけのような……」

拗ねたようにセシアが言うと、マーカスは笑ってその腰を抱き寄せた。

「なに言ってるんだ。この状況を作り出したのは、今までのお前の功績だぞ」

マーカスはそう言うがいま一つ自信が持てず、マーカスに髪を弄られながらセシアは難しい表情を浮かべた。

「そうでしょうか……」

「俺は仕上げをしただけ。ここでの戦い方は、俺のほうが心得ているからな」

その言葉にセシアは大きく頷く。セシアが同じアイデアを持っていたとしても、あれほど上手くはいかなかったと思う。つくづく、この男には敵《かな》わない、と痛感させられた。

「……本当に、まだまだ殿下には勝てません」

「いい線いってると思うけどな」

ニヤニヤ笑いながらそう言われて、セシアはムッと眉を寄せる。

「見ていてください。いつか絶対に打ち負かしてみせますからね！」

恋は勝ち負けではないというのに、なぜか闘志を燃やしてしまうセシア。

「ああ、期待して待っている」

マーカスが笑って、セシアの頬を引き寄せる。長い睫毛が触れる距離に来て、セシアは紫色の瞳を伏せた。

柔らかな唇が重なり、その後啄《ついば》むように触れてからゆっくりと離れていく。その軌跡をそっと見遣って、セシアはにっこりと微笑んだ。

尊敬する、いとしい恋人。

彼に守られたい、けれど彼が危機に陥った時には助けることの出来る自分でありたい。なにより、対等でありたい。

目標でありライバルが夫、というのはなかなか悪くない。

「絶対に勝ってみせます」

悪童らしい笑みを浮かべたマーカスが、セシアの弧を描くピンク色の唇に素早くもう一度キスをしてくる。

そう、なにせセシアは、相手が誰であろうと徹底抗戦が信条なのだから。

こうして悪童王子と捨て猫は、末永く幸せに暮らしました。めでたしめでたし。

……とは、ならないのが波乱の星の下に生まれたセシア・カトリンの人生なのである。

第五章

ワケあって、花嫁修業をしています

柔らかな陽射しが木洩《こも》れ日を零す、穏やかな昼下がり。

空気はどこかから招いてきた花の香を纏っていて、ふんわりとしていた。

その空気を一刀両断に引き裂く声。


「あなた生意気なのよ!!」


お決まりのフレーズが聞こえて、セシアはハッと身構えた。

ぱしゃんっ！　と水音がするが、自分にはなにも影響がない。

不思議に思って周囲を見渡すと、ガーデンパーティ会場の木陰で数名の令嬢に囲まれた質素なドレスの少女が紅茶を浴びせかけられて泣きそうになっているのが見えた。

セシアがいるのは高位貴族の婦人ばかりのテーブルで、皆そんな隅の出来事には気づいていないようだ。駆け寄っていって助けてあげたいけれど、このテーブルで新参者に位置するセシアが離席すれば、後でなにを言われるか分からない。

表情に出さないようにしながら少し考えて、セシアは自分付きの侍女であるロザリー・ヒルトン伯爵令嬢を手招いた。

「どうかなさいましたか」

ロザリーはちょっと釣り目だが、華やかな美貌の令嬢だ。

王立学園卒の才媛であり、こんなふうに人に仕えなくても一生優雅に暮らしていけるだけの身の上で、元々は令嬢としての箔《はく》をつけるために第一王女の侍女をしていた。

数年働いたあと、ロザリーは婚約者と結婚するために職を辞することが決まっていたのだが、主人である第一王女がそれよりも早く他国に留学してしまった。そんな経緯で、他国の王女であるジュリエットの臨時侍女に抜擢《ばってき》されていたのだった。

そして再び役目が空いた彼女は、まもなく結婚のために侍女を辞める身でありながら、彼女ほど令嬢としても侍女としても第二王子妃候補であるセシア付きになるのに相応しい女性はいない、ということで期間限定でセシアの侍女を務めてくれている。

「あちらの令嬢にこれを」

紅茶をかけられた少女にハンカチ程度では意味がないかもしれないが、見ている者がいるということがイジメている側に対しては牽制《けんせい》になるはずだ。

ハンカチと示された方向を確認したロザリーは、セシアに視線を合わせる。

「放っておいたほうがいいと思います。なんであれ、イジメられるほうにも原因はあり、彼女はこれからもここで生きていかなくてはならないのです。毎回あなたが助け船を出してあげるわけにもいかないでしょう？」

「……そうかもしれないけど」

ロザリーの言うことはもっともだ。

セシアはあの令嬢の保護者でもなんでもないし、次回から彼女が助けをあてにするようになっても困る。つまるところ、これはセシアのエゴなのだろう。

それでも無視することは出来なくてセシアが言い淀んでいると、ロザリーが小さな溜息をつく。

「あまり感心しませんが、今回だけですよ」

言って、ロザリーはさっとそちらに向かっていった。

「優しいのね、セシア様」

そう声をかけられて、セシアは慌てて正面に顔を戻す。

王城の庭で催されているガーデンパーティには大勢の貴婦人が招かれていて、セシアは最近第二王子と婚約したばかりの女性男爵として、高位貴族の夫人達のテーブルに席を設けられていた。

「……見て見ぬフリは出来ないもので」

「まぁ、さすが正義感の強いマーカス殿下の婚約者ですこと」

「本当に。殿下に相応しいわ」

ほほほ、と笑いが起こり、セシアの背中に冷たい汗が流れる。

言葉こそセシアのことを称賛しているが、彼女達は確実にセシアのことを嘲笑《ちょうしょう》していた。社交界のいろはも分からない平民上がり、と。

理由は簡単、ジュリエットが失脚し都合よく空いた第二王子妃の座に自分の娘を据えようと画策していた彼女達は、ポッと出のセシアにその場をかっ攫われて腹を立てているのだ。

しかもどんな高貴な令嬢かと思えば、親もいない平民上がり。これでは高位貴族のご夫人達のプライドが収まるわけがなかったのだ。

「気まぐれに野良犬に餌をあげるのは、あまり賢いやり方とは言えませんわね」

中でもリーダー格と思しき、ダフネ侯爵夫人がぴしゃりと言う。

さざめくように周囲の夫人達が頷き、同じテーブルに着いている数少ない未婚の令嬢達はなにも言えずに視線を落としている。このテーブルの空気を悪くしている原因は、間違いなくセシアだった。

いつもならば、ここで手をこまねいていたりしない。セシアは常に徹底抗戦！　といきたいところだが。

「……不慣れなもので、ご忠告ありがとうございます。気をつけます」

内心の燃えたぎる感情を押し殺して、セシアはニコリと微笑んでみせた。

ようやくガーデンパーティが終わり、ロザリーはセシアについて王城に宛がわれた客室に戻った。セシアは楽なドレスに着替えるなり、ソファに溶けるように座り込む。

「だらしないですよ」

「すぐ戻るから、ちょっとだけ……」

ロザリーが呆れて言うと、セシアが項垂《うなだ》れる。

テキパキと必要な片付けを終えたロザリーは、他のメイド達を下がらせた。ここに出入りしているメイドに、先ほどの夫人達の息のかかった者がいないとも限らない。

そうしてセシアの粗を探しているのは、なにも貴婦人だけではない。無事に結婚するまでは婚約者という肩書など吹けば飛ぶような仮初《かりそめ》のものでしかないのだ。セシアのような特殊なケースでは特に。

マーカスを政治利用したい大臣達にも、セシアは非常に注目されてしまっている。

他国の王女ジュリエットが相手ならばそんな気も起こらなかっただろうけれど、相手がセシアのような令嬢とも呼べない存在だったため、挿《す》げ替えることなど造作もないと思われているのだ。既に一人入れ替わったのだから、二人目が替わることもおかしなことではない、と考えるのはさすがにいかがなものかと思うが。

そしてお茶会一つにこれほどまでに神経をすり減らしているセシアを見て、ロザリーは溜息を呑み込む。

「……らしくないですね」

「え？」

「いつものあなたなら、あの夫人達にも食ってかかっていたのでは？」

「人を喧嘩っぱやい人みたいに言わないでよ……」

ロザリーから見れば、セシアは売られた喧嘩は即買うタイプの人間だ。彼女の言いたいことが分かったのか、セシアが眉を下げる。

「……身一つの頃なら最悪私が首をくくれば責任は取れたけど、今は違うでしょう？ ……殿下に迷惑かけたくないのよ」

セシアが唇を尖らせて呟く。恋を知ると女は美しくなるというけれど、守るものが出来た者は弱くなるのかもしれない。

ロザリーは手を止めて、ジッとそんなセシアを見つめた。

「……なに？」

「いいえ。なんだか随分殊勝になったのね、わたくしに水をぶっかけてきた人と同一人物だなんて思えないわ」

「ロザリーこそ、口が悪くなってきてると思うけど」

「ああ、きっとあなたの悪影響ね」

「……ああ、性格が悪いのは元々だったわね」

言ってセシアは顔を顰めたが、ロザリーはフン、と笑う。

セシアが疲弊《ひへい》した様子を晒しているのが、ロザリーには本当に珍しかったのだ。今までの彼女ならば多少無理をしてでも意地を張って、なんでもないように振る舞っていたのに。

少しは気を許してくれているのかしら、とロザリーは考える。

ロザリーから見ても、セシアは他の侍女やメイドの前では一挙手一投足に気を配っているのが分かる。まだそれを上手く隠せるほど慣れてはいないが、所作としては十分及第点だ。

そんなことを考えている間に、セシアが大きく伸びをした。しなやかな背中、結われた黒髪のおくれ毛が白い項《うなじ》に落ちている。

「よしっ、休憩終了！　ねぇ、教えてほしいんだけど、さっきエラベル伯爵夫人からお菓子を勧められたじゃない？　ああいう場合の正解の対応って……」

と、すぐに先ほどの復習に入る。

教本に載っているようなことは習得済だが、社交界ではあらゆることに暗黙の了解があり、状況によって答えが変わることばかりだ。地位の高い者ならば大抵のことは許されるが、セシアは今や国中の人から注目されている身。なにもかも出来て当たり前でなくてはならない。そして当然、失敗は少ないに越したことはない。

そんなセシアをフォローするために、令嬢としての経験も侍女としての経験もあるロザリーが侍女に選ばれたのだ。

「さっきのやり方で正解よ。でもこうしたほうが相手に敬意が伝わるわね」

ロザリーは空の茶器で実践して見せながら説明する。それを真剣に聞くセシアの様子は、母親の真似をしようとする子供のそれを思わせた。

かつてロザリーは、セシアをイジメていた。

しかし彼女がイジメていたのは〝セリーヌ・ディアーヌ〟であり、セシア・カトリンではない。

セシア自身がそう主張している以上、セシアにロザリーがイジメの件で謝ることは出来ない。

代わりに淑女教育への協力を存分に果たすことで、借りは返すつもりだった。ロザリーは誇り高い貴族令嬢であり、今はセシアの侍女なのだから。

「……うう、季節によって所作が微妙に変わるとかおかしくない？　お茶を飲むだけよね」

「茶葉や茶器が季節によって変わり、それによって提供の仕方が変わる。いただき方を合わせるのはそのもてなしに対する、相手への敬意よ」

セシアの弱音に、ロザリーはぴしゃりと応える。

実際のところ、人に説明していると確かに細かく煩雑《はんざつ》なものだと改めて思うが、貴族に生まれた者は幼い頃から日常的に行ってきたことなので、大人になってから苦労することはない。

セシアは今まで貴族としての生活を送ってこなかったために難しく感じるのだ。こればかりは慣れとしか言いようがなかった。

なにせ理屈で考えればおかしなことや無駄なことも多いのだ。「慣習」の一言の下にそれが今も続いている。

それでもエメロードは近隣諸国に比べて自由で、そういった慣習に対して柔軟なほうだ。少し季節を先取りした演出をしても、粋《いき》だと称されることもある。

しかしセシアがなるのはただの貴族夫人ではなく、王子妃。他国の来賓をもてなすシーンもあるかもしれないのだ、基本をきちんと学んでおくべきなのは言うまでもない。

「……でも、引き継がれてきた慣習にはそれなりの理由があるわ。否定するよりも、まずは出来るようにならなくては」

「そうね」

ロザリーの言葉にセシアは頷いて、再度茶器を持って所作に挑む。そしてぎこちなくはあるが、全ての動きをきちんとこなしていった。

ロザリーは茶器がきちんとテーブルに戻ったのを見て、頷く。

「ええ、今ので問題ないわ」

「よかった！　じゃあ次は……」

ぱっ、と笑顔になったセシアが更に続けようとするのを、ロザリーは止めた。

「男爵様。今日はここまでにしましょう、あまり詰め込んでも身に付かないわ」

そう言われて「確かに」とセシアは頷く。無理矢理覚えるだけ覚えても、身に付かないのでは困る。

そうして今度は実際にロザリーが淹れてくれた休憩用のお茶のカップに手を伸ばし、一口飲んだ。

「はぁ……美味しい。さっきのガーデンパーティでは、お茶の味なんて分からなかったわ」

「あら勿体ない。あれは東国産の今年の初摘みのものだったのよ」

「えっと……最高級に指定されてるやつね。確かに香りは新しい葉の匂いだったけど……」

感想が野生動物のようなセシアに、ロザリーは呆れる。間違っていないので、逆に頼もしいのかもしれない、と主人に対して抱くには失礼な考えを誤魔化しているところにノックの音がした。


ロザリーが対応に立ち、部屋と廊下の間の控えの間にいるメイドが取り次ぎをする。

「男爵様、マーカス殿下がまもなくいらっしゃるとのことです」

「あ、はい。分かりました」

いちいち取り次ぎが来ることに、セシアはまだ慣れない。

マーカスは二課にも訓練場にもいつもひょっこりと現れたし、会いたいと思うよりも前に彼はいつもセシアに会いに来てくれていたからだ。

メイド達が新しいお茶の準備や、セシアの身繕いをささっと手早くする。まるで彼を待ち侘びていたかのように見えないだろうか、と少し照れくさい。

少しして部屋に現れたマーカスは、誰もが認める完璧な王子様だった。

議会に参加してきたというマーカスは、略礼服を着て髪を撫でつけており、セシアの馴染みの彼よりもややフォーマルで、持参した菓子をメイドに渡している姿にほんの少し距離を感じる。

出迎えるために立ち上がったセシアだったが、言葉が出ずにしばし固まってしまう。所在なくぽつんと立つセシアを見て、マーカスが笑った。

「やぁ、我が婚約者殿」

「ご機嫌よう、未来の旦那様」

これはただの定型句。

セシアは彼に向かってカーテシーを行う。取り次ぎを経ていたもののマーカスがすぐに部屋に来たため、セシアは部屋着のドレス姿のままだ。マーカスにとって見慣れた文官の制服とは違い、寛いだ格好だった。それが妙に無防備な気がして、セシアは途端に少女のように気恥ずかしくなる。

そんなセシアの手を取り、マーカスがバルコニーへと導く。

ガラス扉を開いてバルコニーへと出ると、彼は片眉を上げた。

「……この部屋はあまり景色がよくないな」

「そうですか？　人目につかなくて逃走しやすそうですが」

セシアがそう答えると、マーカスが吹き出した。

「もう落ちてくれるなよ」

「落下が趣味のように言わないでください、殿下」

ムッとしてセシアが反論すると、マーカスが面白がるように詰め寄ってきた。顔の距離が近い。

鼻同士がちょん、と触れ合ったあとにゆっくりと彼の唇がセシアの頬に落ちる。瞼を閉じるように促されて、そこにも一つ。

最後に触れるだけのキスが唇に降り、またゆっくりと離れていった。

美しい翡翠色の瞳に近距離で覗き込まれ、未だ慣れないセシアは頬を赤らめる。

「今日はなにをして過ごしていたんだ？」

「……午前中はマナーレッスンで、午後はガーデンパーティに出席していました」

王子妃としての勉強は順調だ。セシアは人よりも長い時間を勉学に費やしていたため、教養として詰め込むべき文化や歴史、言語などの知識は十分に備えていた。そのおかげで淑女教育のほうに時間を割くことが出来る。

「ああ、あれか……退屈だっただろう。無理して出なくてもいいんだぞ？　母上なぞは滅多に出席しない」

マーカスは簡単なことのように笑って言うが、そうはいかない。

「ミュリエル妃ほどの方なら問題はないでしょうけれど、私はまだまだ新人ですから。皆さんに顔を覚えてもらうところからです」

セシアが困ったように笑うと、マーカスは眉を寄せた。

「頑張ってくれているのに、軽率なことを言ったな。悪い」

「いいえ。あなたのそばにいたくてこの道を選んだのは私ですから、大丈夫です」

「でも、どうか無理はしないでくれ。お前をこんなふうに萎《しお》れさせるために婚約者にしたわけじゃないんだ」

強がって微笑んでみせるセシアの頬を、マーカスが優しく撫でる。

「……やっぱり少し疲れているみたいだな」

「疲れてなんて……」

マーカスがセシアを抱きしめて、ゆっくりと頭を撫でた。

幼い頃に亡くなった両親以外の人にそうされたことのないセシアは最初こそ体を固くしたが、温かく固い手の平の感触に徐々に力を抜いていく。

「う……殿下の手の平、魔法でも使ってるんですか？　眠くなる……」

「それが疲れてる証拠だ。緊張して、体が興奮状態にあったんだろう」

ぽんぽんと紳士的に背中をあやされて、セシアは安心すると共に急激な睡魔に襲われる。

「んー……いやいや、ダメです、なにか用事があったんですよね？　これ以上撫でられたら、絶対寝ちゃう……」

「寝ても構わんが……まぁ、今度の夜会についての打ち合わせを」

「それ絶対大事なやつ……」

半分マーカスに抱えられるようにしながらウトウトとしつつ、なんとか眠気に抗おうとするセシアの姿は、食事中に寝てしまう子供に似ている。可愛らしく思いながら、少し温かくなる魔法をかけるとセシアは吸い込まれるように寝てしまった。

「本当に寝るとは……」

後でまた叱られる、と思いつつマーカスはセシアを横抱きにして室内に戻る。

既にふかふかの長椅子にブランケットを用意して待っていたロザリーを見て、彼は目を細めた。

「近頃、男爵様は少し根を詰めすぎでしたので……」

「それを調節するのも侍女の務めなんじゃないか？」

少し笑って、マーカスは長椅子に恭《うやうや》しくセシアを横たえる。ブランケットをロザリーから受け取って、それをふんわりとセシアにかけた。

「……今は少し頑張りすぎるぐらいでないと、男爵様自身が不安なのでしょう。……今まで学んできた知識では太刀打ちできない、全く違う世界に飛び込んだのですもの」

「なるほど？」

マーカスはマリアとして、ロザリーが〝セリーヌ〟をイジメていたのを知っている。全く負けてはいなかったが、多数対一人で詰め寄っていたことは事実だ。

侍女としてのロザリーの評価が高いことを理由に期間限定でセシアに付く、と決まった時には少しだけ心配もしていた。

しかし今、姉のように先輩のようにセシアの世話を焼くロザリーを見ていると、杞憂だったと言わざるを得ない。

ジュリエットの下で共に働いていた時に一体なにがあったのかマーカスには知りようもないが、いつの間にか友情のようなものが二人を繋いでいたのだ。

「……では、潰れてしまわないように様子を見ていてやってくれ」

「お任せください」

ロザリーが美しい所作で礼を執る。それを見て、マーカスは満足げに頷いた。


後日、ダフネ侯爵家で開かれた夜会に、マーカスとセシアは出席していた。先日のお茶会でセシアと夫人が同じテーブルだったため、その縁で招かれたのだ。

深い青地に銀の糸で刺繍《ししゅう》されたドレスと真珠の髪飾りが彼女の黒髪によく映える。マーカスも共布のタイをつけていて、二人は揃いの装いだった。

主催の侯爵に挨拶をしてから、マーカスはセシアをダンスフロアにエスコートして一曲踊る。いつかのように二人きりではなく大勢の人に見られながら踊ることにセシアはひどく緊張しているようだったが、マーカスのリードに任せてなんとか踊り切った。

「緊張しました……」

ダンスの輪からゆっくりと離れながらセシアが小声で呟くと、マーカスはくすりと笑う。セシアは本番に強いタイプで、なかなか堂々としたものだったが本人の内心は冷や冷やものだったようだ。

「上手く踊れていたと思うが」

「ありがとうございます……でも、他の方を見ているとまだまだだと痛感して……」

ひたすら恐縮するセシアに、マーカスはちょっと眉を上げる。やけに悲観的だ。

ここ最近のセシアは、王子妃として完璧にこなそうとするあまり本来の彼女のよさが抑えられてしまっているように感じる。だが当然それはマーカスのために頑張ってくれているからで、彼のほうから必要ない、と強く言うことも躊躇《ためら》われる。

貴族として生まれ育ちずっと貴族として生きてきた者達に、つい先日まで平民として過ごしてきたセシアが一朝一夕に追いつくはずがない。それを加味して考えても、十分に及第点、と言ったつもりだったのだが。

「緊張して疲れただろう、少し休憩するか?」

「でも挨拶回り……いや、王子様なんだから向こうが来るんですか? とにかく、挨拶とかいろいろありますよね。お忙しいのでは?」

セシアのほうも眉を顰めて返してくる。

「挨拶を受けるのは俺一人でやるさ。今までだってそうだったんだし、今夜はセシアにこういう場に慣れてもらうために出席してるんだから徐々にで構わない」

マーカスはセシアの手を引いて壁際に移動しながらそう説く。

どんな訓練も、はじめから飛ばしていては無理が来る。徐々に慣れていけば、彼女ほどに能力があり努力家ならば、なんなく溶け込めるだろうとマーカスは踏んでいた。


「……そうですか」

一方セシアは、マーカスの思惑がどうであれ、ついしょんぼりとした声を出してしまう。

あり得ないことだが、例えばここにいるのがジュリエットだったり別の貴族令嬢だったならば、マーカスは挨拶を受ける場に伴ったのではないだろうか？

先日まで平民だったセシアだからこそ、置いていこうとしているのだ。それが悔しい。

しかし確かに今の自分では挨拶の場で如才なく振る舞える自信がない。唇をきゅっ、と噛んだものの、セシアは出来るだけなんでもないように頷いてみせた。

「では、お言葉に甘えて少し休ませていただきます」

「ああ。すぐ戻る」

セシアが意識して笑ってみせると、マーカスは優しく彼女の頬を撫でてからその場を去っていく。その背が人に紛れて見えなくなるまで見送って、セシアは背筋を伸ばした。

社交界には当然セシアの友人などいない。皆が彼女に注目しているが、それが概《おおむ》ね好意的なものではないことも勿論分かっている。

頼もしい王子様がそばにいない現状、セシアは孤軍奮闘する意気込みでいた。が、周囲の者は皆彼女を遠巻きにして、話しかけてもこない。マーカスが会場にいる以上ちょっかいを出そうとも思わないのか。

しかし確実にこちらを気にしてぎこちなく緊張している皆の雰囲気が伝わってきたため、セシアはその場を離れることにした。楽しい夕べの邪魔をしたいわけではない。

セシアがホールを出ると、背後であからさまにホッとした空気が流れるのを感じて、内心で肩を竦める。

セシア自身、どう振る舞えばいいか分からず混乱しているが、それはどうやら周囲も同じようだ。どう接すればいいのか、皆まだ決めかねているのだろう。

庭へと続くポーチに出ると、中の籠った空気から解放されて少し息がしやすくなった。

夜なので庭園の隅々までは見通すことは出来ないが、どこかから芳《かぐわ》しい花の香りがしてセシアの心は慰められる。

「……しっかりしなきゃ」

ぽつりと呟いた。

マーカスは「セシアは十分務めを果たしている」と言ってくれるが、それではダメなのだ。

彼と一緒にいるためには王子妃になるしかなく、王子妃になるならば及第点では足りない。世の令嬢達の手本になるぐらいじゃないと、ダメなのだ。

誰にもマーカスの隣を譲りたくないし、セシアのせいで誰かにマーカスが悪く言われることも嫌だった。

セシアは庭に降りて、設置してあったベンチに腰かける。座った位置からホールの中が見えるので、頃合いを見て戻れば問題ないだろう。

しかしそのように事が穏便に運ばないのが、セシアがセシアたる所以《ゆえん》。背後でなにやら言い争う声が聞こえて、セシアは何気なくそちらに視線をやる。

するとどうだろう、先日のガーデンパーティの際に木陰で行われていたことが再現されていた。

複数の令嬢が一人の令嬢を取り囲み、嫌がらせを行っていたのだ。

いけない、今はマーカスを待っているのだ、トラブルはいけない、と唱《とな》えつつも、つい気になってセシアはそちらを見てしまう。

イジメている側の令嬢の一人が、相手の髪を引っ張りドレスのレースを引きちぎった時点でぎょっとして咄嗟に声を上げてしまった。

「ちょっと！　いくらなんでもそれはひどいんじゃない!?」

なにがあれば、相手のドレスを引きちぎる展開になるのだ。

暗がりのベンチで目立たないように座っていたセシアが突然声を上げたため、令嬢達は双方驚いていたが、相手がセシアだと分かるとひそひそと話し出す。

「あれ、マーカス殿下の……」

「でもただの男爵じゃない……」

ひそひそ。えてして、こういう声は潜《ひそ》められていても耳に届いてしまうものだ。

「私が誰なのか、なんて関係ないわ。どんな理由があるにしても、相手の服を破るなんてもう暴行になると思わないの？」

セシアがハッキリと言うと、彼女達は鼻白む。

「……行きましょ」

リーダー格の令嬢が他の子に声をかけ、イジメていた側の少女達は足早にその場を去っていった。更に咎めようかとも思ったが、胸元のレースが引きちぎられた状態の令嬢を放ってはおけない。そちらに近寄ると、俯く少女に声をかけた。

「大丈夫？　これ、戻すわね」

指先でレースを撫でると、魔法が作動して元の状態に戻っていく。すると、ふいにその少女が硬い声を出した。

「……余計なことをしないでください」

お礼を言って欲しかったわけではないが、突然少女にそう言われてセシアは目を丸くした。

「レース、破れたままのほうがよかったの？」

なにかそういう暴行の証拠として必要だったのだろうか、と一瞬セシアは危惧したが、令嬢のほうは首を横に振る。

「そこじゃありません。先日のガーデンパーティといい、一時助けてもらったからってなにも改善しないんです。むしろ酷くなるんです。いつも助けてくれるわけじゃないなら、余計なことしないで……！」

ロザリーから注意されていたことを本人から直接言われて、セシアは衝撃を受けた。イジメられっ子としては年季の入った身だが、そんなことは考えたこともなかったのだ。

もっとも、セシアを助けてくれたのはマリアとマーカスだけだったので、こういう考えに至らなかったというのもある。

「あのまま放置しておいたほうがよかった、ってこと？」

「もしくは、マーカス殿下や王妃様にどうにかしていただくとか。あなたにはそれが出来るでしょう？」

それを聞いてセシアはわざと嫌らしく鼻で笑ってみせた。ひどく嗜虐的《しぎゃくてき》な気分だ。

セシアはずっと誰かの力をあてになんてせずに生きてきた。それでも納得いかない状況を変えるための努力は惜しみなくしてきたつもりだ。

「お断りするわ。自分で戦おうとは思わないの？」

ぴしゃりと言うと、彼女は顔を歪める。

「生まれはどうしようもないのよ。わたくしは子爵家の娘で、向こうは伯爵家。これからもずっとああいったことに耐えていくしかないのよ！」

「……相手に自分を認めさせる努力はしないの？」

「どうしろと？　わたくしが悪いわけじゃないのよ、生まれのせいでイジメられてるのに、どうしろって言うのよ！　あなたはいいわよね、王子様を射止めたんだもの‼」

彼女はそう叫ぶと、その場から走り去ってしまった。

一人庭に取り残されたセシアは、呆然とする。が、じわじわと身の内から怒りが込み上げてきた。

生まれはどうしようもない？　王子を射止めたから、セシアは安泰だとでも？

とんでもない。現在進行形で好奇と粗探しの目にさらされている身だというのに。

セシアは聖人君子ではない。確かに中途半端に助けたことはお節介だったかもしれないが、あんな態度をとられる謂《いわ》れはないはずだ。

「……全員纏めて、その腐った性根を叩き潰せたらいいのに」

ブツブツと物騒なことを呟くが、虚《むな》しいだけだ。

救国の英雄として突然授爵して王子の婚約者になったセシアは彼女達から見れば胡散臭《うさんくさ》く、貴族の常識を知らない得体の知れない女なのだ。

先ほど走り去った少女は、ひょっとしたらそんなセシアに助けられたこと自体が不名誉だったのかもしれない。

さすがにジュリエットの計画を阻止したことで経理監査部二課の活躍は方々に知れ渡った。それまで他部署の手柄だと思われていたいくつかの事件解決に尽力していたことも知られることとなり、今期の部署入りを希望する者は複数名いたとも聞いている。春先から第二王子の婚約者となり、二課に顔を出せていないセシアには遠い話だった。

「……皆のところに戻りたいな」

思わずぽつん、と言葉が零れてしまう。

言った先から、セシアは後悔した。自分で望んでマーカスの隣に立ったのだ、ただの捨て猫の頃の自分に戻りたい、というのは自分にもマーカスにも失礼だろう。

ぺちん、と両頬を手で叩いて、セシアは自分に気合いを入れた。弱音を吐いている場合じゃない。

気づけばいつの間にか時間が経ってしまっている。少し離れるだけのつもりだったのが、長い不在になってしまった。早く夜会に戻らなければ。

急いでホールに戻ると、マーカスがすぐに見つけてくれた。

「セシア」

「殿下、申し訳ありません」

「いい。庭が吹っ飛んでいない、ということはなにも問題なかったんだろう？」

冗談交じりに言われて、セシアは僅かに微笑む。

「人を嵐みたいに言わないでください」

「似たようなものだろう」

いつもの調子で返しながらセシアはホッとした。が、マーカスの背中の向こう、ホールの雰囲気はあまりよくない。セシアが長時間庭に一人でいた、とは誰も考えていないらしく、逢引でもしてきたかと邪推しているのだ。

こちらを見ながらひそひそと話す姿があちこちに見える。つい眉を寄せると、マーカスはそんなセシアの腰を抱き寄せて優しく背を撫でた。

「挨拶も済ませたし、そろそろ帰るか」

「…………はい」

今夜の行動は、失敗だった。やはり衆人環視《しゅうじんかんし》の気まずい雰囲気の中であっても、堂々と姿を晒していたほうがマシだったのだ。セシアはそう思い知らされて、項垂れた。

王城に戻ってきた二人はそのまま昼間の喧騒の消えた静かな回廊を歩き、マーカスはセシアの客室まで彼女を送ってくれた。

「セシア……」

失敗に眉を寄せるセシアを気遣うようにマーカスの手がそっとセシアの頬に伸びてきて――セシアは慌てて彼から離れた。拒絶してしまったような形になり、セシアはまた慌てる。

「あ……違うの、あの……」

「分かってる。怒っているわけではない、無論不貞を疑っているわけでもない。なにが嫌なのか、言ってくれ」

「嫌じゃない……嫌なんじゃなくて、殿下に触れられたら、甘えてしまいそうで……それが……」

怖いのだ。

言葉にならなかった思いを正確に汲《く》み取ったらしいマーカスは、しかしそれのなにが怖いのか、と言わんばかりに目を細めた。

セシアは今まで一人で生きてきた。勿論、助けてくれた人はたくさんいたし、親切な人もたくさんいた。

だがそれ以上にひどい人は多くいて、セシアが気を抜けば、気を許せば、なにもかも奪おうとしてくる者が後を絶たなかった。

勿論、マーカスのことをそうだと疑っているわけではない。

ただ、マーカスに優しく触れられると、その指先が触れた箇所からぐずぐずに溶けていって、二度と自分一人で立つことが出来なくなってしまうのではないか、と思って怖くなるのだ。

彼の手は心地がいい。すっぽりと甘えてなにもかも委ねてしまいたくなるのだ。

「……それは悪いことか？」

マーカスが控えめに手を伸ばし、だらりと垂れ下がったセシアの手をとる。

「分かりません……私が、弱くなるのが怖いだけ、なのかもしれない……です」

混乱しているのか、口調が乱れる。そわそわと視線を彷徨《さまよ》わせて、マーカスに視線を合わせることができない。

そんなセシアの手を握って、マーカスが真っ直ぐに瞳を見つめてくる。

「セシア」

「はい……」

「好きだ。それだけは、忘れないでくれ」

少し、マーカスの声は深みを増していた。きっと言いたいことがたくさんあるのに、セシアのために我慢してくれているのだ。

そうやって、いつも少しだけ距離を取ってセシアの好きにさせてくれるところがたまらなく嬉しくて、愛おしい。

その一方で、もっと強引に詰め寄ってくれたらこのぐちゃぐちゃな心の中身をぶちまけてしまえるのに、という我儘な気持ちも混じる。

「……私も、好きです」

他にマーカスに渡せる言葉がなくて、セシアは顔を上げると真っ直ぐに彼を見つめてそう返した。

その後、入浴を済ませ、ようやく寝室に入ったセシアを出迎えたのはロザリーだった。

「……まだいたの」

「ご挨拶ですこと」

「違う……あなた、忙しいんでしょう？　結婚式の手配とか……だから今日はもう帰っていいって夜会前に伝えておいたのに」

セシアは力なく首を横に振って、のろのろとソファに身を沈める。今日はもうクタクタだった。

その様子を見たロザリーが、ハーブティーを淹れてくれる。

「わたくしはどこかの誰かさんと違って無計画ではないので、一日ぐらい準備が遅れても問題ありませんわ」

ツン、と言ってみせてはいるが、やはり準備を止めてしまったのだ、とセシアは察する。

ロザリーが結婚し、退職する日は刻一刻と近づいていた。

彼女の婚約者は、王城に勤め始めてから知り合った騎士団に籍を置く子爵家の長男。そのそつのない人選もロザリーらしい、とセシアは聞いた時に思わず笑ってしまった。

令嬢としての箔をつけるために侍女として働く傍ら、生家の伯爵家より家格は劣るものの代々騎士を輩出している名家と言える子爵家の嫡男を射止めた手腕は、見事としか言いようがない。

退職を間近に控える関係で第一王女が他国へ留学するのに同行せず、結果役目が空いていたせいでジュリエットの臨時侍女に抜擢されてしまったのは気の毒なことだったが。

ジュリエットとは違う意味で手のかかるセシアの侍女をさせてしまっていることも申し訳なくは思うが、経験豊富で気兼ねせずセシアに意見を言ってくれるロザリーの存在はとてもありがたい。彼女はセシアの過去を知っているし、同い年なこともあって一度打ち解けてからは随分話しやすい相手になった。

二課の執行官としてならばさほど接点はなかったままだろうが、王子の婚約者となったセシアにとってロザリーはいい手本であり学ぶべきことの多い淑女だった。

そうして共に過ごすうちに、なぜあれほどまで在学時に目の敵《かたき》にされていたのかも分かってきた。

セシアは貴族の慣習や矜持《きょうじ》を、頭から無駄なものだと断じていた。それが彼女達、貴族令嬢にたまらなく気に障《さわ》ったのだ。

無駄を省いて効率重視、どんどん新しいものを取り入れていくやり方を是《ぜ》とするセシアの庶民的な考え方は、伝統と慣習を守り続ける貴族とは相いれないものだった。

今でも基本的な考えは変わらないセシアだが、この一年王城に仕官して多くの貴族達と関わってきて、ようやく見えてきたものがある。

確かに効率も大切なことだが、省いた項目には人への気遣いや敬意があるのだ。目に見えない、文字に残らない理由が、たくさんあった。

全てが無駄だと思っていたのはセシアがものを知らなかったからで、彼らが大切に守ってきたものを無遠慮に踏みにじる行為だったと学んだのだ。勿論中には本当に無駄でしかないものも、あるのだが。

「随分大人しいわね」

「……疲れてるだけよ」

差し出されたハーブティーのカップを礼を言って受け取る。仕事と結婚の準備で多忙なロザリーがセシアの帰りを待っていてくれたのは、当然心配してのことなのだろう。元イジメっ子のくせに、優しくて泣いてしまいそうだ。

向かいのソファに座ったロザリーも、自分の分のカップを傾けている。

僅かにカップとソーサーが擦れ合う音だけが、静かな部屋に響く。

まだ自分の考えが纏まっておらず語る言葉を持たないセシアに、ロザリーの沈黙とハーブティーはとてもありがたかった。

翌日。

昨夜は夜会だったので午前中のレッスンは休みとなった。そのためセシアは気分を変えようと、差し入れを携えて久しぶりに経理監査部の二課を訪れていた。

ノックして中に入ると、部屋の机には書類がたくさん積まれていて忙しそうな雰囲気なのに、人がいない。

「誰だ？　お、セシアじゃねぇか！　久しぶりだな」

そこへ、庭へと続く大窓から入ってきたのはキースで、彼はセシアを見るなり破顔して歓迎してくれた。

「ご無沙汰しています、キース先輩」

「おうおう、えらく別嬪《べっぴん》になって。殿下に大事にされてんだな」

嬉しそうに笑うキースに、セシアは肩から力が抜ける。いつものように親しげにくしゃくしゃとセシアの髪を撫でてから、彼は慌てて手を離した。

「やっべ、殿下に怒られるか？」

「なに言ってるんですか、殿下はこんなことで怒りませんよ。むしろ髪をくしゃくしゃにした私自身に謝ってください」

実際マーカスはこの程度のことでは怒りはしないだろうけれど、「恋する男の思考は繊細だ」とキースはささっとセシアの髪を整えて一歩下がった。

その様子にセシアは唇を尖らせたが、すぐにここに来た目的を思い出して持参したバスケットを差し出す。

「差し入れです。すみません、ずっとこちらに来れなくて……」

「お、サンキュ。いや、気にしなくていいぞ、春に新人入ってきたし、あんな潜入捜査だの大捕物だの、そうそうあるもんじゃねぇから」

言って、キースはさっそくバスケットの中から焼き菓子を取り出して頬張る。彼は大酒飲みだが甘党でもあるのだ。

「そうだ、新人！　女子もいますか？」

「ああ、一人な。気のつよーい奴で、お前と気が合うかもな」

それを聞いて、気持ちが明るくなる。王子妃になるのならば二課からは籍が抜けるのかもしれないが、後輩女子の存在は嬉しい。

「会ってみたいです！」

「あーでも今日は難しいかもな。一課の手伝いに駆り出されてるから……春は金の出入りが激しい時期だからな」

「ああ……そうですね」

確かに、去年セシアが勤め始めたこの時期はかなり忙しかった。それが経理監査部の仕事の全てだと思っていた頃が懐かしい。実際には執行官などという、想像もつかないような職務のほうが本業だったのだが。

「じゃあ今日は後輩女子には会えなさそうですね」

「明日ならこっちにいるはずだぞ？」

一つ目のカップケーキを食べ終えたキースの言葉に、セシアは苦笑を返した。

「お休みは今日だけなので」

「あー……そうか。そりゃ」

キースがなにか言いかけたところで、突然部屋の扉がガチャンと音を立てて開き、レインが入ってくる。

彼はセシアに気づくと、厳しく目を細めた。

「なにをしている、セシア」

「レイン先輩。ご無沙汰しています」

「挨拶などいい。迂闊に男と二人きりになるな、お前は常に人に見られていると思え」

セシアを叱責したレインは、なにやら苛立った様子で自分の机に向かう。

厳しくもいつも穏やかだった彼のそんな珍しい様子に、セシアは青褪めた。確かに失敗したばかりの昨日の今日で、迂闊だったかもしれない。古巣に来るだけのつもりだったし、他にも誰かいると思っていたので、気楽に来てしまった自分を恥じた。

「なにをしに来たんだ」

「申し訳ありません……久しぶりに皆に会いたくて、差し入れを……」

レインに問われて、セシアは答える。彼はキースの持つバスケットを見て、首を横に振った。

「なら用は済んだだろう、ここはもうお前の居場所じゃない。帰れ」

言われた言葉に衝撃を受けて、セシアは僅かに震える。

勤め出して一年と少しという、時間にすれば長くはないかもしれないが、二課の課員とは苦労を共にした仲間だと思っていた。でももうここは自分のいる場所ではない、と明言されて、胸が引き絞られるような心地がする。

「おい、そんな言い方ねぇだろ。セシアはまだウチに籍がある課員……」

「まだ、だろう。殿下と成婚すれば王子妃だ。一般文官は勿論、危険の多い執行官をさせるわけにはいかない」

レインの言うことはもっともだ。

セシアはマーカスの妻になることを選んだ。それは、二課の執行官である自分を捨てるということなのだと、今更ながら悟る。彼の妻になることによって、失うものがあるなどと考えもしなかった。

足元がガラガラと崩れていくような気持ちがして、セシアは眩暈《めまい》を感じた。

何者でもなかった自分。ようやく手に入れた地盤が、二課なのだと思っていたのに。

一つ手に入れたら、一つ手放さなければならないのだろうか。

「……レイン、言い方ってもんがあるだろうが」

「いいんです、キース先輩」

キースが青筋を立てるのを見て、セシアは慌てて彼を止めた。自分のせいで二課の頼れる先輩二人の仲が悪くなるのは嫌だった。

「レイン先輩の言う通りです、私……甘ったれてました」

「いや、セシア……そんな思い詰めんなって」

「いいえ。王子妃になるなら、ちゃんとその覚悟を持って挑むべきでした。申し訳ありま……」

セシアが唇を噛みしめ涙をこらえて謝ろうとした瞬間、バンッ！　と再び扉が音を立てて開き、また誰かが部屋に入ってきた。

ふわりと広がる燃えるような赤毛。シンプルなワンピースを着たマリアだった。

「セシア」

「マリア！」

驚いて目を丸くするセシアを見て、マリアはにっこりと微笑む。きゅっとセシアの手を握ると、引っ張った。

「早く早く、お出かけよ！」

「え？　え？」

ぐいぐいとセシアを引っ張って、ドアのほうへと促す。

「あ、あの、先輩方！　お邪魔しました！」

慌てるセシアが言えたのはそれだけで、最後は背を押されて先に部屋の外へと出されてしまう。マリアもドアノブを摑んだが、思いついたようにくるりと振り返る。

ぎょっとするキースと険しい顔のレインを見て、マリアはにっこりと微笑んだ。

「レイン、あまり私のセシアをイジメないでね？」

「……間違ったことは言っていないはずです」

レインが反論すると、マリアは僅かに首を傾けた。

「一面だけを見て、あの子の評価を決めるのは愚かなことだと思わないかしら」

「……無論、セシアにもいい面があることは承知しています。ですが今は大事な時期で、周囲はその一面だけを見て判断するのですから、全方位完璧にしておかなければならないでしょう」

正論すぎるほどの正論に、キースは青褪める。マリアという嫋やかな淑女の皮を被ってはいるが、この人は正真正銘上司である王子殿下なのだ。そしてキースもレインも、マーカスには大切な者を守るための苛烈《かれつ》な一面があることを知っている。

しかし、キースの危惧をよそにマリアはぷんぷんと可愛らしく怒っただけだった。中身があの美丈夫だと思うと、キースは相変わらず悪夢を見ているような心地がする。

「もう！　強情な男ね。……でも、私の選んだあの子は、必ず素晴らしい王子妃になるわ。そうなってから謝っても許してあげないわよ」

びし、と指を突きつけられて、レインは頷いた。

「そうなることを私も望んでいます」

頑固なレインの態度にマリアは呆れた様子だったが、現状ではこれ以上議論しても無駄だ。淑女らしく優雅に礼を執って、来た時同様、マリアは颯爽《さっそう》と部屋を出ていった。

そうしてマリアが廊下に出ると、セシアが気まずそうに端に立っていた。

「……マリア」

迷子の子猫みたいな彼女に、安心させるようにマリアは穏やかに微笑んでみせる。

「さぁお出かけしましょう！　セシア」

「それ本気だったんだ」

「勿論、本気よ」

セシアはワケも分からず困ったように笑うことしか出来ない。そんな彼女の手をマリアは優しく握った。


その後。セシアはマリアと共になぜか荷馬車に揺られていた。

質素なワンピースに頑丈そうなブーツ、黒髪は三つ編みに結われている。近頃は重くて綺麗なドレスばかり着せられていたセシアにとっては慣れ親しんだ感触であり、無意識に深呼吸をしていた。

がたがたと石畳の上を進む荷馬車の馭者《ぎょしゃ》は、見慣れた赤毛の美女、マリアだ。

マリアもセシアと同じような格好をしていて、赤毛も三つ編みに結われている。もしかして、お揃いを意識しているのだろうか。

「……どこ行くの？」

隣に座って手綱《たづな》を握るマリアにセシアが訊ねると、朗らかな声が返ってきた。

「もうすぐ着くわ。眠かったら寝ててもいいのよ」

そう言われて、セシアは彼女の肩に頭を預けて瞼を閉じた。適度で単調な揺れは、眠気を誘う。うとうとと浅い眠りに入り始めたセシアの耳に、ちょっとだけ寂しそうな声が届いた。

「……マリアになら、甘えてくれるのね」

その時額に触れた唇は、どちらのものだったのだろうか――。

しばらく馬車はのどかな農地を走り、やがて王都の郊外にある孤児院へとたどり着いた。元は教会として建てられたのだろう石造りの建物に、広い敷地。干されたシーツや洗濯物が陽の光を浴び、風にはためいている。

「ここ？」

「そう、時々差し入れと様子伺いに来てるの。ほら、セシアも運んで！」

どさっと渡されたのは古着の詰まった箱だったが、見た目よりも軽い。対して、マリアは野菜の入った籠《かご》を両手に抱えている。

「……もっと持てるよ」

セシアはそう言って唇を尖らせたが、マリアは朗らかに笑うだけだった。

孤児院の扉を開けると、子供達がわっと飛び出してきてマリアに抱きつく。

「マリアおねえちゃん！」

「久しぶりね、皆。野菜と服を持ってきたわよ」

「ありがとう！」

元気いっぱいにお礼を言う子供達は、次々にマリアやセシアの手から荷物を引き受け、荷馬車に置いてある分も分担して運び始めた。子供達の後に建物から出てきた高齢の女性が、マリアを見て嬉しそうに目を細める。

「マリアさん、いつもありがとう」

「どういたしまして。たまにしか来られなくてごめんなさいね」

「いいえ……あなたが来てくれるおかげで、あの子達がどれほど助かっていることか」

彼女はセシアにも挨拶をしてから、子供達のほうへと向かっていく。

「……こんなこともしてたのね」

「時々ね。ここは王都の外れにあるせいで寄付が少ないの。もっと国から補助が出せればいいんだけど……」

言って、マリアは首を横に振る。その先は、王子としての悩みなのだろう。マリアはなにも言わずにセシアと手を繋いだ。

「マリアおねえちゃん、その人だぁれ？」

いつの間にか二人のすぐそばに立っていた小さな女の子に聞かれて、セシアは眉を下げる。

「彼女はセシア、私の大切で大好きな人よ」

マリアが恥ずかしげもなくハッキリと言い、女の子がまじまじと見つめてくるものだから、セシアのほうが照れてしまった。

「……堂々と言うのね」

「そりゃあ勿論」

セシアが顔を赤くしていると、その小さな女の子がセシアの手を引いた。

「セシアおねえちゃん、遊んでー！」

「こっち、こっち！」

別の女の子も来て、両手を引かれたセシアは焦る。小さな子供と接したことなどほとんどない、彼女達を楽しませる方法なんてセシアは知らないのだ。助けを求めるつもりで振り返ると、マリアは微笑んで手を振っている。

「セシアおねえちゃん、花冠の作り方知ってる？」

に笑った。

「え、知らない」

子供らしい遊びをした覚えもほとんどないので咄嗟にそう答えると、二人の少女は嬉しそうに笑った。

「教えてあげる！」

白い小さな花の咲いている庭で、子供達は駆け回ったり寝そべったりと思い思いに過ごしている。セシアはその隅に少女達と腰を下ろして花冠の作り方を教わった。

茎を編んでいくのは簡単だったが、花のサイズを合わせたり中央に来る部分に一番見目のいい花が配置されるように編んだりと、気を配ることは意外と多く、少女達にアドバイスを貰いながらセシアはいつしか夢中で冠を作っていた。

最終的には誰よりも綺麗な花冠を作れるまでに上達し、少女達にプレゼントした。

「セシアおねえちゃん上手ね！」

「ねぇわたし、お姫様みたい？」

公平を期すために二つ作った冠をそれぞれの頭に乗せると、少女達は嬉しそうに笑ってはしゃぐ。

「うん……すごく似合うよ」

セシアもようやく肩から力を抜いて微笑むことが出来ていた。無邪気な少女達は「他の子達に冠を自慢してくる！」と転がるように駆けていく。

その小さな背を微笑ましく見守っていたセシアだが、その後冠職人として次々に花冠をねだられて作らされるハメになったのだった。


そうして過ごしているうちに、あっという間に陽は傾いていた。

今度は荷物を降ろして軽くなった荷馬車で、王城へと帰路に就く。

「……休暇は午前だけだったのに、一日休んでしまったわ」

「それなら大丈夫、午後の予定は社会奉仕に変更しておいたから」

セシアが困った顔をすると、マリアが快活に笑う。確かに孤児院への寄付などの社会奉仕は、貴婦人の大切な仕事の一つである。王子妃となるセシアは経験しておくべきことだが、当日の予定変更は講師達に迷惑だったのではないだろうか。

セシアが言うべきかどうか迷っていると、マリアは珍しく皮肉げに唇を吊り上げた。

「権力を使うことは、悪いことじゃないのよセシア」

「……分かってるわ。でも、義務をこなしている殿下が権利として使うのは分かるけど、私はそんなことのできる立場じゃないのに、って思ってしまうの」

ここ最近の出来事に加えて、二課で言われたレインの言葉にすっかり普段の勝気さを失ってしまったセシアは項垂れ、それを見たマリアがセシアを片手で抱き寄せる。

親友であるマリアにそうされると、ついマーカスには言えない弱音がセシアの唇から零れていく。

「……今までは、きちんと努力していれば結果がついてきてくれた。その成果を足がかりにして、次のステップに進めたわ」

「ええ」

「でも貴族の社会のことは、分からないことばかり。表面を取り繕うだけじゃダメなのは分かってる、ちゃんと意味を理解してその場その場で対応しないと失敗してしまう……でも、理解するための知見が自分の中にまだ足りなくて、選択を間違っちゃうの」

セシアは自分の不甲斐なさに唇を噛んだ。

これまで体術も魔法も簡単に習得出来たものはないが、苦労しつつも苦手を克服していけばある程度は出来るようになる、という自信を築き上げてきたのに、それが貴族社会では全く意味をなさない。

平民育ちのセシアはいつの間にか孤立し、なにをやっても失敗してしまうような不安が常につきまとう。

「……失敗しない人なんていないわ。失敗してもいいのよ、セシア」

マリアが落ち着いた声で言い聞かせるように言うが、セシアは首を横に振る。

「……私の評判が悪いと、殿下に迷惑がかかるわ」

「マーカスはそんなこと気にしないわよ」

マリアがハッキリと断言する。

マリアはマーカス自身なのだからその言葉は彼の真意なのだろうけれど、セシアには簡単に頷くことが出来ない。

その様子を見てマリアは言葉を重ねた。

「……他にも気になることがあるの？」

ガタガタと揺れる荷馬車と、マリアの優しい声。日中、外で子供達と散々遊んだセシアは、近しい人の声と体温にだんだんと気持ちがリラックスしてきて、弱った心を吐露していた。

「…………殿下に、嫌われたくないの」


「……ん？」

マリアは首を傾げる。今、マーカスは「セシアが失敗しても気にしない」と言ったばかりだというのに、脈絡がないように感じた。

「どうしてそういう結論に……」

よしよしとセシアの頭を撫でて、マリアは苦笑を浮かべる。

荷馬車はのんびりと畑の間に整備された道を進んでいて、まだ街は見えてこない。ぽつぽつと遠くに民家がいくつか見えるものの、行き交う人は見当たらない。

そののどかな光景に不釣り合いな、セシアの真剣な声がマリアの耳に届く。

「だって私は……勝って役に立たないと、いつか……もういらないって、嫌われてしまうかもしれないでしょう？　……今までもそうだったもの」

彼女の言葉に、ようやくマリアはセシアの今までの環境を思い出した。

マーカスが見出すまで、セシアはディアーヌ家の屋敷で無給のメイドのような扱いを受けていた。名目上は実の伯父に引き取られていたため、誰かに頼ることも助けを求めることも出来なかった彼女は、従姉の替え玉として学園に通うことで報酬を得ようとしていたのだ。

彼女が学園で学ぶものよりも妙に細かい魔法が得意なのは、生きていくために必要だったから。常に徹底抗戦を信条としているのは、負ければ終わりだったから。

目の前で不幸になりそうな少女を放っておけないのは、自分が誰にも助けてもらえなかったから。

だったら、マーカスとマリアはいつでもセシアを助けたい。いつでも彼女を抱きしめて、大丈夫だと言ってやりたかった。

小さな子供だったセシアを抱きしめて、愛していると教えてあげたい。

減速した馬車が、やがてゆっくりと止まる。他に行き交う者もいないので、しばらくは道を占領しても問題ない。マリアは周囲を見回してそのことを確認してから、セシアに向き直った。

「セシア」

「……ん？」

マリアはセシアの手を握って、真摯に見つめると唇を開いた。

「セシア、愛しているわ」

「……………急にどうしたの」

マリアの真剣な声に茶化すこともせず、しかし真っ直ぐに受け取ることも出来ないらしくセシアが戸惑ったように言う。

セシアの混乱に気づきながらも、マリアは言葉を続ける。自分の言葉がどれほどセシアに響くか分からないが、それでもなにかが彼女に残ればいい。

セシアが独りぼっちの気持ちになった時に、小さな灯となって彼女を照らし温めることが出来れば、いい。

「あなたが優秀だから好きなんじゃないのよ。あなたがなにも出来ない子供でも、私はあなたを愛しているわ」

「……………」

「あなたがもしも悪い子でも、私はあなたのことが大切よ。勿論悪いことをしたら叱ると思うわ、だけどそのことであなたを嫌いになったり捨てたりなんてしないわ、絶対に」

「でも、」

セシアはまだ視線を彷徨わせている。それこそ、なにか悪いことをしてしまった子供のように。

　マリアは正面から彼女を抱きしめて、その背中を優しく撫でた。

　抱きしめられたセシアは、マリアの優しい香りに気づいてスンッと鼻を鳴らす。いつも女性らしい香りのするマリアだが、今日は日中ずっと外にいたせいか草花の瑞々《みずみず》しい香りがする。それはマーカスが普段纏う香りによく似ていて、セシアはそこで初めてマリアがマーカスと同じ人だということを実感した。

　今こうしてセシアに語りかけて、抱きしめてくれている人は、マリアでありマーカスなのだ。そう思うと、今までなんでもなかったマリアとの接触に頬が赤くなっていく。

「……大好きよ、セシア。なにも心配しなくていいの、だって私達は、家族になるんだもの」

　その言葉にセシアは衝撃を受ける。

「かぞく」

「そうよ」

　それはセシアがかつて持っていて、永遠に失ったはずのものだ。

　両親といた頃、生活は貧しかったがなにも恐ろしいことなどなかった。父がいて、母がいて、世界は完璧だった。

　二人を失って、なにもかもなくなった。世界は冷たく恐ろしく、人は皆、敵だった。

　今のセシアに、家族はいない。

彼女にとって家族は既になくしたもので、もう一度得られるとは思っていなかったのだ。

「……マリアも、私の家族？」

「そうよ。私も、マーカスも、あなたの家族よ」

セシアはマリアを見つめる。

「家族だって、いつか嫌になることはあるんじゃない？」

「まだ言うの？　この子は」

きゅっ、とセシアの鼻を摘んで、マリアは唇を尖らせる。美しい翡翠色の瞳は煌《きら》めき、セシアを力強く見つめた。

「じゃあそのたびにたくさん喧嘩をすればいいじゃない。私達は神様に認められて結婚という約束をするのよ、簡単に結婚の誓いを破ることは許されないんだから、互いに気が済むまで喧嘩し続ければいいのよ」

「気の済むまで、喧嘩……」

「そう。セシアが失敗したら私が叱る。私が失敗したら、セシアが叱る。お互い妥協出来ない時は、気が済むまで言い争うの」

「争うの？」

「そうよ。家族だもの、これからもずっと一緒にいるんだから気兼ねなく喧嘩しましょう」

マリアが微笑んで言うので、セシアはゆっくりと頷いた。

「……嫌いになったりしないの？」

「しないわ。腹を立てても、喧嘩しても、あなたのことを嫌いになったりしない。でも不安なら、たくさん言い合って、思ってることを伝え合いましょう。今みたいに、気持ちを伝えましょう？」

セシアの瞳に涙が溢れる。

「そうなのかな……」

「少しずつお互いの違いを見つけて、それをお互いに補い合いましょう。そうしていけば、いつか私とあなたはデコボコした部分がぴったり合うような家族になれるわ」

マリアが笑うと、本当にそうなるような気がする。

強くて正しくて、いつもセシアのそばにいてくれたマリア。彼女がそう言うのならば、怖くても踏み出せそうな気がするのだ。

「だから、大丈夫」

「……うん」

セシアが瞼を伏せると、涙が頬を伝う。ふわりと魔力の霧が流れ、彼女の額にキスが落ちた。

慌ててセシアが瞼を押し上げると、そこにはいつの間にかマリアの姿はなく、マーカスが座っている。

「殿下!?」

ぎょっとしてセシアはあたりを見回した。誰かに見られたら大問題だ。しかしマーカスはセシアの心配を余所《よそ》に、朗らかに笑う。

「悪い。相談役は親友に譲れても、キスは譲れないだろう？」

彼はそう言って悪童らしい笑みを浮かべると、セシアを抱き寄せて優しくキスをした。

セシアの王子様は、強くて優しくて、どうしようもない悪童なのだ。


その夜、セシアは夢も見ずにぐっすりと眠った。

リネンはさらりと乾いていて僅かに花の香がする。メイド達が丁寧にベッドメイクしてくれた、その誠実な仕事ぶりを感じながらゆったりと眠りに落ちていくのは心地よかった。

家族。その言葉がセシアの心を温め、驚くほど落ち着かせてくれたのだ。

マーカスはいつも無条件に彼女のことを信じてくれて、セシアが自分で立ち上がれるようにそばで見ていてくれる。

以前メイヴィスに「好ましいと思う男性は？」と聞かれた時に答えた、まるでそのままの人のよう。

いや、逆だろうか。

あの質問をされた時にはセシアは既にマーカスに恋をしていて、無意識に彼のことを口にしていたのだろうか。

眠る前に恋人のことを考える、だなんて、まるで恋物語の主人公のような状態にセシアは照れくさくなる。

「……頑張ろう」

マーカスの期待に応えるために。

セシアが、セシアらしくいられるように。

数日後。王城で定期的に催される、晩餐会《ばんさんかい》。

王子妃候補として出席することを義務付けられているその会で、セシアはオルコット侯爵夫人の隣の席に配置された。侯爵夫人はセシアの祖母ほどの年齢であり、彼女のことをサポートする専用の従僕が席の後ろに控えている。

緊張しつつも、セシアはロザリーやマリア、そしてアニタに教わったことを思い出していた。一番大切なのは、相手を思いやること。勿論大前提としてマナーも慣習もとても大切なことだ。

食事が始まり、給仕が飲み物や前菜の皿を運んでくる。

セシアは内心緊張しつつも、心地のいい高揚感を持って晩餐会に臨《のぞ》んでいた。

少し離れた席に座るマーカスは、そんな彼女の様子を見て僅かに微笑む。セシアは本番に強いタイプだし、いざという時の対応力や判断力は誰に劣るものでもない。

セシアの自信を削いで失敗したと思わせていたのは、他ならない彼女自身の怯える心だ。

いつだって彼女は十全に努力していて、出来ることを増やしてきた。

今、セシアはにこやかにオルコット侯爵夫人と会話をしている。緊張しつつも相手に失礼がないように努めているセシアを、夫人も微笑ましく思うのか彼女に優しく接している。

「殿下、婚約者殿がお可愛らしいのは分かりますが、爺の相手もしてくださいますかな」

夫人の夫であるオルコット侯爵に笑いながら声をかけられて、マーカスは自分のほうが社交が疎かになっていたことに苦笑した。

「分かっているなら野暮ではありませんか、侯爵。俺は婚約したばかりなのです、同じ空間にいるのに彼女とこれほど遠くに座らされて寂しく思う気持ちは、かつてあなたも体験したことがあるはずでしょう」

堂々と惚気《のろけ》て見せると、周囲の貴族達は朗らかに笑った。

今夜は格式ばらない会であり、マーカスはいつもこういった席に率先して参加し、皆の雑談に耳を傾けるようにしている。国王である父や、外面を使い分けるのが苦手な兄王太子に代わり彼らの耳目《じもく》になることは、マーカスの得意とするところだ。

こういった集まりにも今後は夫婦で参加して、セシアには女性からも情報を集めてもらいたい、とマーカスは期待していた。

セシアに、愛しているからなにも心配いらない、と言ったのは事実だ。

しかし王子妃になる資質のない女性であったのならば、結婚を申し込んではいなかっただろう。

マーカスは生まれた時から王子であり、その自分の生まれを誇りに思っている。もし自分に婚約者がいなかったとしても、セシアに王子妃の資質がなければきっと想いを告げることは出来なかった。

その場合、マーカスはセシアへの想いを抱いたまま国の選んだ誰かと結婚していたはずだ。実際にジュリエットと結婚しようとしていたように。

幸いにしてジュリエットの目論見《もくろみ》は阻止することが出来、セシアは十分に王子妃としての素質を備えた素晴らしい女性だった。

だから、今があるのだ。そのことは、本当にマーカスにとって幸いだった。

示す機会が少ないのであまり認知されていないが、マーカスの愛情は相手の全てを許し相手に全てを捧げるという強いものだ。

この性質故に、自分が国王などといった為政者には全く向いていない自覚があり、時折持ち上がるマーカスを王にしようとする思惑に対しては笑って一蹴してしまう。そういう点でも、ジュリエットはマーカスに関しては相当見込み違いをしていたのだ。

マーカスは、万が一セシアが国を脅かす大罪を犯したとしても彼女を嫌いになんてなれない、と確信している。不確定な未来のことを言っても説得力はないのでセシアにそれを告げることはしないが、マーカスには絶対の自信があった。

当然、罪を犯したセシアをマーカスは王子として断罪するだろう。しかし、彼も一緒に罰を受ける覚悟だった。

国と民のために全身全霊で働くことはマーカスの使命であり、生まれた時からの義務だ。

しかし、自分の命を使うなら今はセシアのために使いたい。

国のために生きて、セシアのために死にたい。

そのように重苦しい気持ちで彼女を愛していることが知られてしまえば、あの自由な猫は呆れてどこかへ行ってしまうかもしれない。

セシアがいないと困るのは、マーカスのほうなのだ。

「さて殿下、今夜のワインはどこの産地か分かって飲んでおられますか？」

「さあ。卿のように産地には詳しくないので自信はないが、西地方の雰囲気があるかな」

質問されて、マーカスは自分の務めに戻った。

「そう！　西のナバカ地方のものです、あそこは近年土壌が肥えてきていて……」

蘊蓄《うんちく》を聞くフリをしながらマーカスはもう一度、離れた席に座る婚約者を見遣る。彼女のことは、心配ないだろう。

なにせセシアはマーカスの見出した、優秀な執行官であり信頼する恋人なのだから。

一方セシアのほうはマーカスの予想通り、活き活きと過ごしていた。

張り切りすぎてはまた失敗しかねないので、自分を少し抑えるぐらいの心地でいようと心がけると結果、周囲がよく見えるようになった。

セシアは、誰もがセシアの失敗を望んで粗を探して観察しているのだと思い込んでいたが、それは被害妄想で、使用人達はただ貴人の一人としてセシアを遇《ぐう》しているだけだったし、貴族の、特に老齢に差しかかった方達はセシアのことを心配していて、なにかあれば助けようとして見てくれているだけだった。

そしてその好意の元は、彼らが信頼している第二王子マーカスの婚約者だから、というところにある。どこまでもセシアはマーカスの存在に守られていたのだ。

気づくのが遅くなったが、セシアにはようやく戦い方が見えてきた。

マーカスの愛情を疑う必要がないのならば、セシアはどこに出ても己の持てる力でその愛情と信頼に応え続けるだけだ。

「セシア様は男爵位を授爵したとお聞きしましたけれど、領地はどこなのでしょう？」

オルコット侯爵夫人に尋ねられて、セシアは微笑む。

「王都の北です。しばらくは私に爵位を下さったアクトン侯爵が今まで通り領地経営をしてくださることになっていて、本当に助けていただいています」

「まぁ、アクトン侯爵は本当に面倒見のいい方ですのね」

「そういえばそろそろご長男に家督を譲られるとか」

「ほら、ご令嬢の……」

話題はどんどん人の口を渡っていき、セシアにだけ注目が集まっているのではないことも分かった。冷静に考えてみれば当たり前のことだ。セシアは今は注目されることの多い存在だが、彼女の存在だけで国のなにかが左右されるものではない。

彼らは今夜、情報交換を兼ねて晩餐会に集まっているのであって、セシアのことを品定めするためだけの会ではないのだから。

適度に話に花が咲き、時折セシアにも意見が求められたり彼女から言葉を挟んだりしつつ和やかに食事が続く。

王城で催される晩餐会なだけあって料理もワインも素晴らしく、セシアは久しぶりに人前で食べ物を味わうことが出来た。

今夜だけでセシアを見る貴族達の目がガラリと変わる、ということは当然ないが、こうやって少しずつ信頼と実績を積み重ねていけばいいのだ、と手応えを感じていた。

どんな困難であろうとも、セシアは常に徹底抗戦。勝てるまで、結果を得られるまで、戦い続ければいいのだ。

表面上は和やかに微笑みながら、セシアはふと隣のオルコット侯爵夫人を見た。

料理によっては自分で味を足してもいいように、香辛料などの小瓶がテーブルの中央に置かれているのだが、どうやら彼女はそれが欲しいらしい。

彼女の専用の従僕はこんな時に限って次の料理の取り分け用の皿を取りに離れていて、ほんの一時、侯爵夫人は一人になっていたのだ。彼女は優雅にワインのグラスを傾けながら従僕を待っているが、なににてこずっているのか、なかなか従僕は戻ってこない。

そうこうしているうちに料理はゆっくりと冷めてしまうし、あまり長い間皿に手を付けないと不審に思われてしまう。

セシアは、サッと香辛料の小瓶を手に取って、ほんの少しだけ料理にかけた。それから、老婦人のほうを向く。

「夫人もいかがですか？」

そう言うと侯爵夫人はまるでセシアに促されたから、という様子でそれを受け取った。

「ありがとう、セシア様」

にっこりと嬉しそうに微笑まれて、セシアも嬉しくなる。ちょっとしたことだし、きっと誰も気にも留めていない些細なことだ。

それでも、ロザリーに言われた「人を思いやる気持ち」を表すことが出来たような気がして、セシアはとても嬉しかった。まるで、親に褒められることを期待している子供のような誇らしい気持ちなのが、僅かに気恥ずかしい。

それから、セシアは徐々に本領を発揮し始める。

元々人よりも勉強に長い時間を費やしており二度も学園に通った彼女は、一般的に見てかなりの知識を有していて、才女と呼ばれて差し支えないほどなのだ。人には言えないけれど。

外国語も日常会話程度ならば問題ないし、歴史や文化にもそこそこ詳しい。変なプライドがないので、疑問に感じた点は躊躇なくその場で質問し、その質問が的確だと感心する者もいた。

着々と社交界での評判を上げていき、ロザリーが夜会の後に彼女を励ますために待つことも最近はなくなった。

「この前の質問は深入りしすぎよ。皆気になりつつも暗黙の了解で聞かないこともあるの」

「……そうよね、でもなんか話を聞いていると皆誤解してるんじゃないかと思って、私みたいな外から来た者がなにも知らないフリをして聞いたほうが、あっさり答えてもらえるかなって思ったの」

それでも相変わらずロザリーは、昼間には貴族の常識を教えてくれる。それに対してセシアは頷いたものの、ドキドキしながら自分の見解を告げてみた。

アドバイスをくれているのに反論するのはまだ早いかもしれない、と思ったのだが、セシアはただの貴族令嬢になるわけではないのだ。

彼女自身が男爵であり、そのうち国を代表して意見を言う機会があるであろう、王子妃という立場になる。その時に誰にでも言える通り一編のことだけを言うわけにはいかない。自分の意見と考えをきちんと持っておくべきだ、と考えていた。

真剣な表情のセシアを見て、ロザリーは思案する。

元々、セシアの持ち味はこういった機転の利かせ方や大胆さにある。マーカスは当然心得ているだろうし、国内の貴族達に彼女の気質を知ってもらうのも大切なことだろう。

「……一理あるわね。でも毎回その考えが合っているとは限らないのだから、きちんと心得ておいてちょうだい。失礼になる場合も当然あるんだから」

「分かった」

セシアが力強く頷くのを見て、ロザリーは顔に出ないように気をつけつつ内心で感嘆していた。

セシアの成長速度は速い。飲み込みが早いのは勿論、勘のよさからの応用もきいている。

元々学生時代から〝セリーヌ〟の能力は認めていたが、ここ最近、なにがきっかけとなったのか、まるで花開くように急成長していた。

正直、そろそろ本格的に結婚式の準備に取りかからなければならないロザリーは、王城に来る日を減らす必要が出てきていた。

職を辞することは第一王女殿下には事前に許しを得ていたが、セシアのことが気がかりでギリギリまで引き延ばしていたのだ。

この様子ならば安心して結婚出来そうだ、と考えて、なんとなく悔しくてロザリーは唇を尖らせた。

あれほど、生意気な女だと思っていたのに、今となってはロザリーの人生の重要なイベントである結婚式よりも、彼女を優先してしまっているなんて、と。

だが、その気持ちはどこかくすぐったくて、悪くない気分だった。


そうしてセシアが順調に社交界に馴染み始めた頃の、ある伯爵家主催の夜会。

婚約したばかりということで、マーカスは例年よりも多くの夜会にセシアを伴って出席するようにしていた。

セシアに場数を踏ませることが最大の目的だが、単純に優秀で美貌の婚約者を自慢したい、という欲求も当然ある。彼女はマーカスの期待に十分に応えていて、今となっては控えめながら自ら意見を言うことさえあった。

彼女はこれまで生意気だと言われ続けた自覚もあるためかなり大人しい猫を被っていて、それが落ち着いた女性だという演出に繋がっていて好評である。

「セシア」

マーカスが名を呼ぶと、誰かと話していても彼女はすぐに振り向いて嬉しそうにはにかむ。

可愛らしくて旋毛《つむじ》にキスを落とすと、セシアは真っ赤になった。

「殿下、皆が見ている前ではお止めください……」

「うん、続きは誰も見ていないところでしよう」

ニヤリと笑ってマーカスがそう言うと、彼女はムッとしたように睨みつけてきたが、まだ顔が赤いので可愛いだけだ。

愛されている自覚を持ったセシアは、まるで内側から輝いているかのように眩しかった。可愛いので見せびらかしたいが、勿体なくて誰にも見せることなく隠しておきたくもなってしまい、マーカスは初めての葛藤を味わう。


その日の夜会は少し妙だった。

時折視線を感じるのだ。セシアの長年のイジメられっ子としての勘が、これはよくない視線だと感じる。

第二王子の婚約者として有名ではあるものの、セシア自身は無名の新人。年頃の娘のいる夫人からは険のある視線を受けていたが、実はこういった公《おおやけ》の場ではそれは少なく、大抵の貴族は無関心、あるいは以前のオルコット侯爵夫人のように余裕のある貴族からは好意的な視線が多かった。

しかし今夜に限っては、ふと気づくとサッと逸らされるその視線になにか含みを感じずにはいられない。セシアは扇で口元を隠し、婚約者に甘えるフリをしてマーカスに唇を近づけた。

「殿下、気になりませんか」

「……視線か」

当然彼も気づいていて、セシアを抱き寄せながらちらりと周囲に視線をやる。

二人はそのままダンスホールに向かい、ワルツの輪に参加した。内緒話にダンスが最適なのは、執行官時代に得た知恵だ。

「……一人二人ではありませんね」

「そうだな。特定の誰か、というよりは、あちこちに伝播《でんぱ》していっているように感じるな」

くるりとターンすると、セシアは頷く。人数を絞ろうにも、どんどん視線の主が移動していくので、不特定多数、という結果しか導くことが出来ない。

「……誘い出しますか？」

セシアがほんの少しワクワクしながら言うと、マーカスは苦笑した。

「いや、直接なにかを仕掛けてくるようではないから、しばらく泳がせよう」

「先手必勝では？」

セシアは不服だったが、マーカスの意に沿ってダンスを続ける。

結局その日はそのままチラチラと視線を送ってくる者からの接触はなく、二人は気にしつつも夜会を辞することにした。マーカスにエスコートされながら賑《にぎ》やかなホールを抜け、やや薄暗い廊下を外へと向かう。

ふとセシアが首を巡らせると、夜会には使用されていない棟へと続く廊下に一人の女性が立っているのが見えた。

そちらには灯《あか》りが灯《とも》されておらずかなり距離があるため、女性が長い金髪でドレスを着ているらしいこと以外は分からない。

なのになぜか、ふいに彼女がニヤリと笑ったのが、分かった。

「……なに、あの人」

セシアが思わず声を出すと、マーカスが足を止める。

「どうした」

「殿下。あの、向こうに女性が…………あれ？」

彼に訊ねられて目を離したのは一瞬。セシアがマーカスと共に再度薄暗い廊下のほうを見た時には、その場には誰も見当たらなかった。

「女性？　メイドならば客に姿を見せないように、使用人通路に入ったのかもしれないな」

貴族の屋敷のあちこちには使用人用の通路が存在し、それらは主人や客に姿を見せずに仕事をこなすために使われる。初めてこの屋敷に来たセシアであれば、忽然《こつぜん》と人が消えたように見えても不思議はない。

が、

「…………ドレス姿で、金髪でした」

「うん？」

マーカスは眉を顰める。

大勢の招待客が行き交う屋敷の中だ。ドレス姿の女性一人、気にするほうが過敏だと普通なら思うだろう。金髪は貴族に多い髪色だし。

でも、なにか引っかかる。

マーカスはセシアの勘のよさを評価している。二人は付き添いの従僕や護衛と共にそちらに向かい、廊下に灯《つ》りを点けて確認してみたが女性の姿はなかった。屋敷の従僕によると、使用人通路は勿論この廊下にもあるがそれを知る使用人達の中に金髪の女性はいないという。

「……ごめんなさい、殿下。私が少し……神経質になっているだけかもしれません」

「お前の勘は信用している。だが、まぁ確かにこれ以上はどうしようもないな」

セシアが詫びると、マーカスは首を振ってそう答えた。

改めて外に向かう廊下をマーカスと連れ立って歩きながら、セシアはなぜかどうしようもなく件《くだん》の女性が気になっていた。


その後も夜会や茶会で視線を感じるといったことは続いたが、その一方でセシアがあの夜見た女性が再び現れることはなかった。

好調とはいえセシアはまだ不安定な立場なので、マーカスが念の為に応援を頼むことにした。

「……で、その応援がこちらですか」

数日後。夜会前にマーカスの執務室に呼ばれて赴いたセシアは、僅かに固い表情で応援の人員を見遣った。

「なんだよ、なんか不満そうだなセシア」

そう言ったのは騎士の正装に身を包んだフェリクスで、その隣に立っていたドレス姿の女性がぎょっとして慌てて彼の足をピンヒールで踏んづけた。

「いってぇ!!」

「馬鹿先輩！　この方、王子妃になる方ですよ!?」

金の長い髪を華やかなリボンで結った彼女をセシアは初めて見るが、フェリクスを先輩と呼んだところを見ると、以前キースの言っていた今年入った新人の女性執行官なのだろう。

「はじめまして、セシア様。私はエイダ・エイダンと申します」

綺麗なカーテシーにセシアは頷いてみせた。確か平民出身だとも聞いているので、髪の色は魔法で染めているのだろう。

エメロードの貴族は金髪の者が多く、国王や王妃、王太子なども美しい金髪だ。

だが一方で他国からの移住者も大勢いるため、マーカスのように異国の血を引く者の鮮やかな髪色も珍しくはなかった。

しかしその中でも、セシアの黒髪は珍しい。黒は色として強すぎて、セリーヌと偽っていた時は色粉などでは隠しきれなくて魔法で髪の色を変えていたのだ。

「……よろしくね、エイダ」

今までのセシアならば、敬称は不要だと告げてもっと親しく話しただろう。けれど今の彼女は既に男爵であり、今後王子妃になる身。元同僚に貴族として振る舞うことは気まずかったが、相応の振る舞いをしなくてはならない。

以前レインに言われた〝二課はもうセシアの居場所ではない〟という言葉を思い出して、胸が痛くなった。

「セシア」

ふわりと手を握られて、セシアは顔を上げる。マーカスが優しい瞳で見つめてくれていたので、随分と慰められた。現金なものだとは思うが、今は彼の優しさに甘えていよう。

「……よろしくお願いします。フェリクス、エイダ」

改めてセシアが落ち着いてそう返すと、エイダは心得たとばかりに頷いたが、フェリクスは変な顔をした。

彼女の殊勝な様子が、喧嘩仲間のフェリクスにはどうにも居心地悪いのだ。

執事のクリスが温かいお茶を淹れてくれて、それぞれの前にカップを置いていく。

ソファに並んで座ったセシアとマーカス、彼らとテーブルを挟んで向かいのソファに執行官の二人も着席し、フェリクスが口火を切った。

「端的に言うと、噂が立っていますね」

「噂？」

日に日に例の嫌な視線は増えていて、当然よくない噂だろうとセシアは眉を寄せる。エイダがフェリクスに向かって頷き、話を引き取って続けていく。

「セシア様が過去に罪を犯している、というものです」

その言葉に、セシアは咄嗟に口元に手をやって悲鳴を飲み込んだ。急に流れ出した噂にしては、随分とセンセーショナルな響きである。

「罪？　随分曖昧《あいまい》な言い方だな。この世に罪のない者などいないだろう」

軽快に言い放って、マーカスはセシアの肩を撫でる。動揺しすぎると、フェリクスとエイダに変に誤解されてしまうかもしれない。

「殿下、いろいろやってきてそうですもんね……」

仲睦まじい二人の様子にフェリクスが苦笑して言うと、マーカスは片眉を上げた。

「どういう意味かな、バーンズくん？」

「なんでもありませんっ!!」

わざと家名で呼んでマーカスが言うと、フェリクスは首を激しく左右に振った。エイダはそれを呆れた目で見ている。

セシアは知らないが、きっと今の二課では馴染みの光景なのだろう。

意図的にマーカスが二人の視線を逸らしてくれたので、セシアは表面上はなんでもない顔を取り繕いつつも内心はとても動揺していた。

罪。セシアが犯していた罪と言えば、思い当たるものは一つしかない。

セリーヌとして学園に通っていた、身分の詐称。

ディアーヌ子爵とセリーヌは、あの場に王子のパートナーとして出席していたセシアに対して暴行を働こうとした罪で警備部に連行されていた。しかし実際はセリーヌがセシアに殴りかかっただけで、大勢の見ている前で自分で勝手に転んだことになっているため、大恥をかいたものの大した罪には問われていない。

だが、刑罰には当たらずとも社交界での大恥は貴族には死活問題だ。しかもその際マーカスが大々的に吹聴するようにその場にいた者を煽ったため、その年の社交シーズンにはその件はかなり広がっていた。

そのせいで見栄っ張りのディアーヌ家は一家揃って領地に引き籠り、この三年の間王都の社交界に姿を現してはいない。

伯父のディアーヌ子爵は、セシアを娘の代わりに学園に通わせていたことが明るみに出れば、今度こそ正式な処罰が下ることになるだろうから、わざわざそれを吹聴して回るメリットがない。

もしもセシアが王子妃になることが気に食わなかったとしても、社交界にセシアの不利になる噂を流すよりも、こっそりと彼女に接触して脅してくるほうが、いかにもケチな伯父のやりそうなことだ。

セシアは聖人君子ではないので、悪事を想像するのはわりと得意だ。二課での執行官としての経験も相まって、伯父が考えそうなことを脳内に列挙していく。

最初に浮かんだ脅しが一番あり得そうだが、ディアーヌ子爵は今現在セシアに接触してきてはいない。その代わりに社交界に噂が流れているということは、出どころは彼ではないのだろうか。

「その罪の内容に触れる噂はないのか？」

「今のところ聞いていません。その噂を聞いた者も、聡明な殿下の選んだ婚約者が罪人であるはずがない、という意見や、つい最近まで平民だったのだから多少道に外れたことをしていてもおかしくない、といったものまで様々です」

マーカスの前婚約者のことを考えれば、なかなかの皮肉である。

エイダがセシアを気遣いつつ言いきると、今度はフェリクスが話し出す。

「噂を流布《るふ》させたい者からすれば、思うように広がらなくて焦《じ》れていることでしょうね。そもそも中身のない中傷のようなものですから、信憑性《しんぴょうせい》もなく広がらないのも道理ですが」

フェリクスの言葉に、マーカスが顎にトントンと指を当てて考え込む。

「セシアに対する中傷にしては弱いが、含みを感じるのが気になるな……とはいえ大々的に調査すれば、こちらに探られて痛い理由があるのだと誤解される可能性もあるか……？」

「それを狙ってのことでしょうか？」

エイダの質問に、他の三人は微妙な顔をした。

噂の急速な広がり方を見るに、発信源があちこちで吹聴して回っていることが予想される一方で、セシアを糾弾する者が出るわけでも、尾ひれがついて広がっているわけでもない現状。

貴族達は噂を聞き知ってはいるが、それをどうこうしようとは思っていない。つまり、重要視されていない、ということだ。

「なぜ中身のない噂を流すという方法を取ったのかは分かりませんが、吹聴して回っている発信源はあまり賢くはないように感じますね」

フェリクスがそう言うと、セシアはちょっと意味ありげな視線を彼に送ってしまう。揶揄《からか》うような気配に彼は身構えたが、「確かに、」とマーカスが喋り始めたことでセシアの視線はそちらを向いた。

「貴族に興味を持たせるのならば、もっと思わせぶりで少しずつ暴かれていくようなゴシップでないと食いつきが悪い」

それを聞いて改めて貴族のゴシップ好きは性質《たち》が悪いな、とセシアは顔を顰める。

「……あとは下位貴族を中心に出回っている噂のようですから、発信源は高位貴族ではなさそうですね」

こちらは予想出来たことなので、マーカスも頷くだけだった。第二王子の婚約者が罪人、などと、立場のある高位貴族であればあるほど、真偽はどうあれ口には出さないはずだ。

セシアが難しい顔をしていると、マーカスがその頬を指でつつく。

「……なんです」

「膨《ふく》れているのかと」

「膨れてません」

セシアがそう言ってムッとするとその動きで僅かに頬が膨れてしまったため、慌てて表情を取り繕う。マーカスは面白そうに瞳を輝かせてそれを見つめる。

「なにも起こっていないうちから、あまり気を揉むな。二人も夜会に潜入するし、なにより今夜を楽しみにしていたんだろ？」

ちょんちょん、と頬を突かれて、セシアは頷く。

「はい……！」

そう、今夜の夜会の招待状はマーカス宛に届いたものではなく、ヴァレン男爵であるセシア宛に届いたものなのだ。

差出人は、ロザリー・ヒルトン。ロザリーと婚約者である子爵令息の婚前祝いの夜会なのだ。

結婚式は身内だけで執り行うのが子爵家の伝統らしく、その前に主だった貴族を招いてご挨揶する、という趣旨らしい。

伯爵令嬢と次期子爵の婚前祝いの会に王子が招待されることは稀だが、ロザリーが現在セシアに仕えている関係でセシアが招かれ、その彼女のパートナーとしてマーカスは出席する。

結婚する二人にとって王子が祝いに参加することは名誉なことであり、ロザリーに侍女としての職務を越えて世話になりっぱなしだったセシアとしては、自分の力ではないものの、多少なりとも恩が返せた気がして嬉しい。

そんなわけでセシアは、今夜をとても楽しみにしていたのだ。

「ご一緒してくださって、ありがとうございます殿下」

セシアがはにかむと、マーカスが優しく笑う。

「パートナーとして当然だ」

彼女の肩を抱き寄せていちゃいちゃしだした二人に、フェリクスはわざとらしく大きくせき込んでみせる。ハッと顔を赤くしたセシアが離れるところまで見て、エイダが感心した。

「殿下って恋人にはこんなに甘ったるい顔をする方だったんですね……綺麗な顔をした鬼だと思ってました」

「エ・イ・ダ・ン？」

にこ、と笑ったマーカスが腕を組んで名を呼ぶと、エイダは震え上がった。

「なにも言ってません!!」

そしてそんな彼女をフェリクスが呆れた目で見ていた。

セシアはそんな彼らのやり取りを見て、目を丸くする。

「あの……殿下は、部下にとても優しいでしょう？」

つい彼女がそう言うと、エイダは信じられない、という目でセシアを見る。マーカスは、ただの部下だった頃からセシアを丁寧に教え導いてくれた。確かに厳しい時もあったが、それはセシアを思ってのことで理不尽なことで怒ったり皮肉を言われるといったこともなかったので、とても優しい印象ばかりが彼女にはある。

「あの厳しい訓練のどこに優しさが……？」

「え……」

そんなふうに言われて、セシアは狼狽えたようにフェリクスを見たが、彼はサッと顔を背ける。仕方なくマーカスを見ると、彼はそれはもう美しく微笑んでいるものだから残りの三人は言葉をなくした。

「……そろそろ、出発しましょうか」

「遅れてもあれだしな……」

「私達は先に出ますね」

セシアが発言すると、フェリクスとエイダはすぐに飛びついた。

会場には既に二課からの応援としてキースが護衛に扮して潜入している。勿論ロザリーとその婚約者にも事情は話してあり、もしなにかあれば別室を使うように配慮してもらっていた。

当然、なにも起こらないに越したことはないのだが。

「おめでたい会だから、なにも起こらなければいいんですが……」

フェリクス達とは別に会場入りするため、マーカスと二人きりの馬車に揺られながらセシアはぽつりと呟く。

「……セシア、大丈夫だ。俺がいる」

手を握られて、セシアは顔を上げた。

大丈夫か？　と聞くのではなく、俺がいるから大丈夫だ、と言ってくる婚約者の強気さに、思わず笑顔が零れる。

そうだ、セシアにはマーカスがいる。世界中の人が敵になろうとも、マーカスだけは必ず味方でいてくれる。そう考えると、セシアの心が奮い立つ。彼に恥じない自分であるために、自分が正しいと思う行いをしようと思えた。一人でいた頃にはなかった考えだ。

あの頃は、ただ生きていくことに必死で、正しいか正しくないかは関係なかった。

今だって、ただの正義感で正しいことを為そうとしているわけではない。愛する人に、相応しい自分でありたいのだ。

「はい。なにがあろうと、殿下がいてくださるのなら私は誰にも、なにものにも負けません」

「勇ましいな」

マーカスは笑って、セシアの唇に素早くキスをする。すぐに顔を赤くしたセシアだったが、はにかんで微笑んだ。

そこでちょうど馬車が止まり、夜会の会場であるロザリーの生家の伯爵家に到着した。彼女の晴れの日に迷惑をかけないためにもセシアは気合いを入れる。

「さぁ、行くか。婚約者殿」

「ええ、未来の旦那様」

差し出された手に自分のそれを重ねて、セシアは馬車を降りた。


同じ頃、王城の隅の経理監査部二課室では夜会のためにほとんどの課員が出払っていて、残ったレインとロイは書類仕事をしていた。

「レイン先輩もセシアさん達のほうに行く予定でしたよね？　残りは僕がやっておきますよ」

ロイに言われて、少し急いで書類を処理していたレインは顔を上げる。彼は繁忙期にもかかわらず数日休暇を取っていたので、珍しく自分の担当分が遅れているのだ。

「悪いな、ロイ」

「構いません。キース先輩にはいつも押しつけられていますから」

嫌味なくロイが笑って言うので、レインは額に手を当てた。

「あいつは……断っていいんだぞ」

「いえいえ、適材適所ですよ。キース先輩得意の荒事は僕には向いてませんから、書類仕事でぐらい活躍してみせます」

ロイは本気でそう思って言っているが、彼が業務の傍ら研究した魔法理論は発表されるやいなや魔法研究者達の間では注目の的であり、レインは二課にいつまでも彼を留めておいていいものか悩んでいた。

「じゃあ……悪いが後を任せる。お前も適当なところで帰っていいからな」

「はい、お疲れ様です」

レインはそう言ってロイに任せると、早足で二課室を出ていった。


足早に出ていくレインを見て、やはり予定より遅れていたようだとロイは思う。キースは、レインがセシアにキツイことを言ったと憤慨《ふんがい》していたが、なんだかんだ言ってもレインも彼女のことが心配なのだろう。

ロイは温かな気持ちになって、先にレインのやり残した書類のほうから片付けてしまおう、と彼の机に向かう。

「僕も夜会のほうに参加したかったなぁ。セシアさん、元気かな？」

彼は最近セシアに会えていないが、結婚式には同僚として出席する予定なので少なくともその時には会えるはずだ。

キースがセシアはとても綺麗になっていたと言っていたが、ロイにとってはセシアは出会った頃から綺麗な人だった。

顔立ちは元々整っていると思っていたのだが、化粧っけがなく身だしなみにあまり頓着していなかった彼女は一般的に美人とは称されていなかった。だが、身の内から溢れ出るような勝気さに、ロイは彼女を美しく感じていたのだ。

辺境伯の息子であり魔法の才能に恵まれたロイは、本人の望みとは別に注目され続けてきた。それにうんざりして、地方の学校を卒業したあと王都に来たのだ。ここならば、さほど自分の出自も能力も目立たないだろう、と。その目論見は正解だった。

そして、そこで出会った年上の同期であるセシアは、身分もなく才能も平均的だったが強い意志と負けん気を滾《たぎ》らせていて、温室育ちの貴族の子女の反感を買うのは目に見えていた。

それら全てがロイにはとても眩しく、そして美しく感じられて、以来彼はずっとセシアのファンだ。

マーカスに彼女の魔法の師となることを提案された時も快諾した。彼女は魔力量が多いわけでも特殊な技能に優れているわけでもなかったが、器用で努力家だったため、少し手解きすればどんどん吸収して出来ることを増やしていき、単純に教えるほうとしても楽しかった。

セシアが実力を発揮して活躍していく姿を見ていて、ロイのほうもまた研究に打ち込む気持ちが湧いてきたのだ。

そんなことを考えつつ、ロイは書類を分類していく。レインの残した分は量はさほどないのだが、キースや他の課員がどんどん課長代理の彼の机に書類を重ねていくものだから、発掘して仕分けする作業のほうが大変そうだ。

経理監査部二課は、マーカスが非公式かつフレキシブルな動きをするために作った部署だが、ジュリエットの件で二課の力が認められた今となってはマーカスの看板はさほど必要ではなくなっていた。

警備部とも関係は良好であり、最近ではあちらから事前調査などの仕事が回ってくるほどだ。

「キース先輩……書類は紐で纏めるなりして提出してあげてください……」

独り言を言いつつロイの手は淀みなく動いていく。そこでふと今までとは様子の違う書類の束が出てきて、おや、と手を止める。

「なんだ、これ？　警備部？　別の書類が紛れてしまったのかな……」

そして確認のためにその書類を開いて、ロイは驚いて目を丸くした。


ヒルトン伯爵家主催の夜会会場にはもう大勢の人が集まっていて、到着したマーカスを見て次々に彼らは挨拶の言葉を口にする。

今夜の主役は彼ではないので、それらに短く応えてマーカスとセシアは空いている場所に陣取った。視界の端でフェリクスとエイダが素知らぬ顔で佇んでいるのと、衛兵に扮したキースの姿も確認する。

そうこうしているうちにロザリーの父親、今夜の主催者であるヒルトン伯爵が一段高いところに現れ招待客に向けて挨拶を始めた。

エメロード国では、しばしば家名と爵位名が同じである貴族が存在する。領地の名前をそのまま家名に賜る、歴史の古い一族であることが多い。

ヒルトン伯爵はその誉《ほまれ》ある家の一つであり、ロザリーはそれだけ由緒正しい家の娘なのだ。

実はディアーヌ子爵家もそうで、セリーヌ・ディアーヌも、爵位自体は低いながらも歴史と伝統ある家の娘として将来を約束されていたおかげで侯爵令息のレイモンドと婚約していたのだ。

そこまで考えて、セシアは僅かに首を振る。

セシアと違って、恵まれた生まれで贅沢放題に育った同い年の従姉。セリーヌは、セシアが自分と顔立ちがよく似ていることも気に入らなかったらしく、よく暇つぶしにイジメられていた。

勤める屋敷のお嬢様のすることなので、使用人達もセシアを庇ってくれず随分と嫌な目に遭ったものだ。けれど幸いだったのは、当時は向こうも同い年の幼い子供だったおかげで、意地悪の内容が子供レベルだったこと。

水をかけられたり服を破かれたり髪を引っ張られたりするうちに、セシアのほうにもだんだんと耐性が出来てきたし、子供の想像の及ばないようなひどい折檻(せっかん)を受けるといったことはなかった。

母親の形見のブローチを取り上げられた時はさすがに腹に据えかねたが、セリーヌはセシアが分不相応な物を持っているのが気に入らなかっただけでそのブローチが欲しかったわけではなかったので、ほとぼりが冷めてからこっそり彼女のガラクタ入れから回収しておいた。

そう考えると、セシアの人格形成にはセリーヌの存在が大きく影響しているとも言えたし、先ほどのエイダの「マーカスは鬼」という発言もセシアの基準のほうがおかしかったのだろうか、と疑問になってくる。彼女の感覚は、一般的なものではないのかもしれない。

一人難しい顔をしているセシアを愉快そうに見ながら、マーカスはヒルトン伯爵の挨拶を聞いていた。

大切に育ててきた自慢の娘が結婚する、大きな喜びと少しの寂しさの混じるいい挨拶である。

セシアにはそういったことを言ってくれる相手はいない。だから亡くなった彼女の両親の分も、これからはマーカスがセシアを大切にしていくと決めていた。

その亡くなった両親のことを確かに愛しているのに、亡くしたことに対してあまり悲壮感がないのがセシアの不思議なところだ。その後の生活が大変だったため、ゆっくりと悲しみを味わう暇がなかったのかもしれない。

だが、マリアが家族になると言った時にまるで子供のように驚いていたセシアを思い出せば、彼女が家族を愛おしいものだと感じ大切に思っていることは分かる。

ひょっとしたらこれから、置き去りにしていた両親を亡くした時の感情にセシアが向き合う時が来るのかもしれない。その時彼女の一番そばにいて、抱きしめてあげられる存在でいたい、とマーカスは考えていた。

伯爵が挨拶を締めくくり、今夜の主役であるロザリーと婚約者が前に進み出た。着飾ったロザリーの姿を見て、セシアが感激したように口元に手を当てる。

「ロザリー、とっても綺麗ですね」

「……そうだな」

「幸せそう」

一瞬、「お前のほうが綺麗だ」と言う場面だろうかとマーカスは悩んだが、他意はなかったようで、感激しているセシアは妙な間に気づかない。

マーカスは今までに恋人と呼べる存在がいたことはあったが、こんなふうに細かいことを気にしたことはなかった。まるで初恋に右《う》往《おう》左《さ》往《おう》する少年のような気持ちを、擬似的に味わう。

「ロザリーの結婚する人のことを、殿下はご存じですか？」

「確か騎士団に入って三年目か？　ヒルトン伯爵令嬢と同い年だな」

マーカスが記憶を辿りながら言うと、セシアは目を丸くした。

「え、城で働く者の経歴を全部覚えてるんですか？」

「さすがにそれはない。セシアの侍女を任せる時にロザリー嬢のことは一通り調べていたから、その時に婚約者の経歴も見た覚えがあるだけだ」

「それでも、すごい記憶力ですね」

セシアが感心したように言う。恋人に尊敬の目で見つめられるのは、なかなかいいものだ。


そんな話をしているうちに乾杯の挨拶があり、夜会が始まった。

セシアは周囲をそっと見回す。今夜は例の視線を少なく感じるのは、招待客の顔ぶれが違うからだろうか。ヒルトン伯爵家の縁者や、ロザリーの婚約者の所属する騎士団の面々が多い。夜会好きでよく見かける貴族達がおらず、騎士や少し地位の高い者が多いせいかもしれない。

「これは、せっかく潜入してもらっているのに、今夜は空振りでしょうか」

セシアが小声で呟くと、マーカスも難しい顔をする。

「分からん。ただ油断はしないでおこう」

「はい」

小声で話し続けていると、主役である子爵令息とロザリーが挨拶のためにこちらに来た。この会場で一番身分が高いのがマーカスなので、最初に挨拶に来たのだ。

「二人とも、少し早いが結婚おめでとう」

「おめでとうございます」

マーカスに続いてセシアも声をかける。ロザリーはそんな彼女の所作を見て満足そうに頷いた。

「ありがとうございます、殿下。お祝いに来ていただけるなんて、一族の誉れです」

「大袈裟《おおげさ》な……あなたの妻には俺の婚約者がとても世話になっている、勿論祝いに駆けつけるさ」

男同士和やかに会話している横で、ロザリーがこそっとセシアに声をかけてくる。

「男爵、どうですか状況は」

「ロザリー、今日すごく綺麗！」

「……そんな感想聞いてるんじゃありません、例の視線の話を……」

ロザリーが顔を顰めるので、セシアは首を横に振る。

「それも大切なことだけど、あなたの結婚のほうがもっと大切なことでしょう？」

「…………まぁ」

ロザリーが少し照れてはにかむ。セシアは微笑んで彼女の手を握った。

「おめでとう、ロザリー。私のせいで時間をたくさん奪ってしまってごめんなさい、すごく綺麗だわ。幸せになってね」

「……なんです、あなたが殊勝な態度だと調子が狂うんですが」

「晴れの日ぐらい殊勝な態度を心がけようっていうこの思いやりの気持ちが分からないなんて、ヒルトン伯爵令嬢は野暮な方ね」

フン、とすぐにいつもの調子でセシアが話し始め、二人の心の中で試合開始の合図が高らかに鳴り響く。

「そういうところがまだまだだと申し上げているんです、男爵」

「ずっと思ってたんだけど、その男爵っていうのやめない？　距離を感じる」

「距離を取ってるんです。わたくしはあなたにお仕えしている侍女だったんですから」

「じゃあ今は違うよね？　セシアでいいわよ」

「王子妃になる方を、名前で呼び捨てるなんて不敬ですわ」

ロザリーが躊躇うように言うので、セシアはムッと眉を寄せた。

「そう……残念ね。殿下、王族差別されてますぅー」

「ちょっと……！　あなた、本当に……！　いい性格してますわね……!!」

マーカスに告げ口するフリをすると、ロザリーは慌てて怖い顔をした。

「じゃあ、名前で呼んでね。これからは侍女と男爵じゃなく、友達ってことで」

セシアが強引に約束を取りつけると、ロザリーは渋々頷いた。

メイヴィスに友達認定を貰って以来、セシアはその点に関して厚かましくなっていて、過去の蟠《わだかま》りを解消した現在はロザリーとも友達になりたいと虎視眈々《こしたんたん》と機会を狙っていた。

しかし侍女として仕えてくれている時は主従関係を口実に断られそうだったので、今夜は絶好のチャンスだったのだ。

強引ながらも上手くいって、セシアはご満悦だ。

「分かったわよ……でも友達ってことは、もうなにも遠慮しないからね」

「え。遠慮してたの？」

サッとセシアは顔色を変え、今度はロザリーがご満悦な表情を浮かべる。

「それはもう」

「どうしよう、少し早まったかも……」

「あなたねぇ……」

ジロリとロザリーがセシアを睨み、子爵令息とマーカスはそれを見て笑った。

「で、でも、今夜は大丈夫でしょう？」

セシアは慌てて自分の服装を確認する。彼女は今夜、ロザリーの自慢になるような存在でいたかったのだ。そのためにメイヴィスやメイド達にアドバイスを貰って、完璧に仕上げてきたつもりである。

ロザリーはわざとジロジロとセシアを見て、難しい顔をする。いつもならばそのロザリー自身に最終確認をしてもらっていたセシアは、不安そうな表情を見せた。

が、

「まぁ、悪くないんじゃない」

及第点を貰って、ホッと息をつく。すると、ロザリーはセシアの肩をコツン、とつついた。

「いちいち不安な顔をしないの。この場で一番地位の高い女性はあなたなのよ。微笑みがあなたを守り、この場においてあなたが白だと言えば黒も白になるのよ」

「……そんなこと」

「あなたは貴族のそういった面を卑怯だと嫌ってる。だけど、覚えておいて。それはあなたの使える手段のひとつ。魔法や体術と一緒よ、使い方を間違えなければ有効な武器になるの」

ロザリーの助言は、セシアの深いところにストンと落ちてきた。


主役の二人が別の客のところに挨拶に向かい、セシアとマーカスはせっかくなのでダンスを踊るべくホールに出る。最近の夜会続きでめきめき上達したセシアは今や優雅にステップを踏み華麗にターンして見せた。

「素晴らしい上達ぶりだな」

「殿下の足を踏みまくった甲斐がありますわ」

セシアがニヤッと笑うと、マーカスも笑い返す。足を踏んだことはほとんどないが、ダンス初心者にありがちな失敗はセシアも当然した。

「俺達の結婚祝いの夜会ではファーストダンスを踊ることになるが、これならなんの心配もなさそうだな」

「まだ知りたくなかったです、その情報……！」

サァッとセシアは青褪める。先程のロザリーといい、貴族は上げて落とすのが基本なのだろうか？　平民育ちのセシアにはまだまだ学ぶことが多そうだ。

そんなふうに意外なほど和やかに夜会の時間は過ぎ、月の位置がかなり移動した頃、会場にレインが現れた。きちんと正装した彼は様になっていて、あちこちから女性の視線が集まっている。

「殿下、遅くなって申し訳ありません」

「レイン、悪いな」

「いえ……」

レインはちらりとセシアを見て、すぐに視線を逸らす。

先日のやり取りを思い出して、彼女も気まずい思いで視線を落とした。二人のそんな様子を見ながらもマーカスは気にせず話を進める。

「なにか新しく分かったことはあるか？」

「それが……殿下、少しこちらに来ていただけますか」

レインに誘導され、予めロザリーに用意してもらっていた小部屋のほうにマーカスは足を進める。セシアもついていこうとしたが、レインに視線で制された。

鼻白んだものの、セシアには聞かせたくない内容なのかもしれない、と彼女は気を取り直して微笑んで見せた。

「こちらでお待ちしてます、殿下」

彼女がそう言うと、マーカスはレインとセシアを見遣って頷いた。そのまま二人が小部屋に入るのを見送る。

セシアはそのまま壁際に寄って、会場を見渡した。以前と同じ間違いはしない、今は堂々と皆に姿を晒してマーカスを待つ。

他に顔見知りもいないし、先ほどある程度の人にはマーカスのついでに挨拶をされたので今更声をかけに行くべき人もいない。完全に手持ち無沙汰なセシアはなんとはなしに周囲を眺めることしかできなかった。

給仕からドリンクのグラスを受け取り、それをちびちびと飲みながら時間を潰す。

マーカスとレインはまだ帰ってこないし、フェリクスとエイダに声をかけるわけにもいかない。当然この場を勝手に動くわけにもいかず、ぽっかりと空いた時間はまるで世界から隔絶されたかのような心地がした。

そうしてただぼんやりとダンスを見ていると、ふと隣に人が立った。

何気なく振り向いて、セシアはぎょっとする。

そこにいたのは、まるで鏡に映したようにセシアによく似た顔立ちの女性だったのだ。

少しぼうっとしていたせいで驚いたが、これは超常現象でもなんでもない、この女性をセシアはよく知っていた。

「……セリーヌ」

「久しぶりね、セシア。いえ、今は男爵様とお呼びするべきなのかしら？」

セシアの従姉であるディアーヌ子爵令嬢、セリーヌ・ディアーヌはひどく醜悪《しゅうあく》な笑みを浮かべてそう言った。

セシアと離れ、小部屋に入ったマーカスは、レインから渡された紙片を見て顔を顰める。

「今朝、主だった貴族の屋敷に届いた怪文書だそうです」

紙片はごく普通の文房具店で購入出来そうな便せんの一枚で、雑な手書きで『セシア・カトリンは過去に罪を犯している。王子妃には相応しくない』といった内容がやけに攻撃的な言葉を使って書かれていた。

「感情的な投書だな」

「……ええ、ですから例の噂同様、大体の貴族は無視しているようですが、それでも近頃セシアに関してこの手の噂が飛び交っているので、心配した知人から俺のところに知らせが来ました」

マーカスは眉を顰める。

フェリクスが言っていたように噂の発信源である人物はかなり焦れているらしく、あまり賢くない方法を取っていた。噂だけなら言い逃れが出来たかもしれないが、こうしてわざわざ物的証拠を残しているのだ。

「ロイに痕跡を辿らせたか？」

「まだです。辿るにしてもその対象者の情報がないとロイにも探れないでしょうから……」

レインが濁すと、マーカスも頷く。

セシアに恨みのある者、彼女に関わりがあり彼女の過去を知る者をピックアップして情報をロイに渡す必要がある。平民のセシア・カトリンならばかなり数は絞れたかもしれないが、ヴァレン男爵であり王子の婚約者である彼女には今や敵となり得る相手も多い。

その不特定多数の情報を用意し、その一つ一つをロイに辿ってもらうのは効率的なやり方ではないだろう。

「もう少し数を絞りたいな。まぁあまり賢い動きではないから、早々に馬脚《ばきゃく》を現しそうではあるが」

「ええ……ここまで愚かだとは、驚きました」

レインは吐き捨てるように言った。珍しく感情的な彼の様子に、マーカスは僅かに目を細める。違和感が、彼の心に澱《おり》のように残った。

一方セリーヌと対峙《たいじ》しているセシアは、彼女を靴の先から頭の先まで見遣って僅かに息を吐いた。

相変わらず金だけは十分に使った贅沢なドレスや装飾品、輝く金の髪を飾っているのは大粒の黒真珠。かつて、デイアーヌ家でメイドとして使われていた時には分からなかったが、セリーヌの着こなしはどれほど豪奢であろうと、下品だ。

ロザリーやアニタの薫陶《くんとう》を受け、王城でメイヴィスやイーディスといった本物の貴婦人ばかりを見てきた今のセシアならば分かる。

品というものは磨かれていくものであり、貴族女性達はただ贅沢をしているのではなくその中で常にアンテナを張って試行錯誤しているのだ。金を注ぎ込めばいい、というものではない。

「……なにをしに来たの？　この夜会の招待状をどうやって手に入れたの？」

「お前、いつの間にわたくしにそんな偉そうな口をきける立場になったわけ？　男爵だか、王子妃だか知らないけど、お前は永遠に小汚いドブネズミなんだから口を謹《つつし》みなさい」

言われた言葉に、セシアは驚いて目を丸くする。

王城のメイド達が時間をかけて磨いてくれた今のセシアに、美人かどうかは別として小汚いという言葉は相応しくない。

これはセシアの自惚《うぬぼ》れではなく、メイド達の仕事を信頼しているからこその事実だ。小汚いネズミも、お姫様みたいにしてくれる敏腕メイド達。セシアに淑女としてのマナーを教えてくれたのも、一流の淑女達だ。

今のセシアは、大勢のプロフェッショナルの技と教育と、マーカスの愛情で出来ている。誰になにを言われようと、その自信を揺るがすことは彼らに対して失礼だった。

「あんたこそ、見る目がないのね。美人でもセンスが悪いとみっともないわ」

セシアは初手から全力だ。

どんな思惑があろうと、セリーヌがここに来てセシアに接触してきた理由が友好的なものであるはずがない。今はもう、皿洗いのために寒空の下に放り出されていた無力な自分ではないのだ。

相手が誰であろうと、全力で叩き潰す。

そしてそれが他ならぬセリーヌならば、更に念入りに。

案の定カッとなったセリーヌは、セシアを叩こうと手を振り上げる。しかし、訓練でマーカスの強力な突きから逃げ回ってきた彼女にとっては、あまりにも遅く見えた。

叩かれておいたほうが暴行として立件出来そうなものだが、セシアはセリーヌ相手にはこんな騙し討ちみたいな方法ではなく完全な勝利が欲しい。

サッと避けると、セリーヌから距離を取って真正面から向き合った。

「なんで避けるのよ！」

「あんたにぶたれるなんて、屈辱だからよ」

だが、セリーヌのほうもただ無策で突っ込んだわけではない。避けた時に、セシアの腕にカチリと金属の腕輪を嵌めていたのだ。

「……なにこれ」

セシアは怪訝な表情を浮かべて腕輪を外そうとするが、鍵がかかっているようで外れない。嫌な予感に、魔法で壊そうとしてハッとした。

セリーヌは勝ち誇ったように笑う。

「気づいた？　それは魔法封じの腕輪なんですって。これでお前の小賢しい魔法は使えなくなったわね」

見た目は普通の金属の腕輪だが、魔法錠と同じ効果のある魔法具らしい。腕力だけで壊せないか一応試みたが、無理だったのでセシアは仕方なく腕を降ろす。正直魔法がなくても、訓練も受けていないセリーヌではセシアの相手にもならない。

その頃には自分達に注目が集まっていて、招待客が二人を遠巻きにしていた。

その中には当然フェリクス達もいるが、セリーヌが誰なのかなにが目的で近づいたのか、そしてセシアの敵なのかどうか判断がつかなくて困っているようだった。

殴りかかられ魔法錠に相当する魔法具を不当につけられたのだから、セシアとしては十分に敵認定だが、ここはロザリーの祝いの場だ。無用に騒ぎを起こしてせっかくの夜会を台無しにしたくなかった。

「……分かったわ、部屋を用意してもらっているから話はそっちで聞くわよ」

ここまでされれば明白だが、件の噂を撒いていたのはセリーヌなのだろう。

確かにディアーヌ子爵ならば裏から脅してくるかもしれないが、セシア個人を気に入らないセリーヌならばこんな馬鹿な方法を取ってもおかしくない。

「お前は相変わらず、馬鹿なのね」

馬鹿に馬鹿と言われて、セシアは顔を顰める。さすがにセリーヌだけには言われたくない。

「ここまでお膳立てしたのに、わざわざ人目のないところに行くわけないでしょう？　この場で、今お前のことを男爵様だの王子妃様だのと持ち上げている連中の目の前で、その化けの皮を剝がしてあげるわ」

「やめたほうがいいと思うけど……」

セシアは更に顔を顰めた。学園での身分詐称の件は、暴露されればセシアにも痛手だが、セリーヌにも類が及ぶ。

賢いやり方だとは思えなかったのでまさか当人のセリーヌが行うとは思わず、今までディアーヌ家を放置していたのに。

「冗談じゃないわよ！　お前のせいで王都を追い出されてから、わたくしがどれだけ屈辱的な思いをしてきたと思ってんのよ！」

王都を勝手に出ていったのはそちらだ、とは思ったが、注目が集まっているのでセシアはどうしたものか悩む。いっそ物理的にセリーヌの口を塞ぐべきだろうか、と物騒な考えが過《よぎ》る。

セシアが焦った顔をしているのを見て、セリーヌは心地よさそうにしている。招待客達は顔のよく似た二人の女性の動向に注目していた。

ロザリーが急いでこちらに向かってくるのが見えるが、決定的なシーンには間に合わない。

セリーヌの紅を引いた赤い唇が楽しげに開く。

「皆よく聞きなさい!! セシア・カトリンは、わたくしセリーヌ・ディアーヌの名を名乗り、身分を偽って学園に通っていたのよ!!」

告げられた内容に、人々が大きくざわめく。

セシアは思わず頭痛をこらえるようにこめかみを叩き、セリーヌを睨んだ。

「好き好んで私があんたの名を騙《かた》ってたみたいに言わないでちょうだい。あんたの父親に脅されて、命令されて無理矢理通わされていたのよ」

「ほぅら、皆聞いた? 身分を偽って通っていた事実を認めたわ!」

セリーヌは勝ち誇った様子で囃《はや》し立てるが、同時に自身の家のことも貶《おとし》めているのだと分かっているのだろうか。当然自分達を取り囲む夜会の出席者達の中で、良識のある者は顔を顰めている。

「ディアーヌ家も罪に問われるわよ」

「構うもんですか! お前を引きずり下ろすためなら、わたくしはなんでもするわ」

「馬鹿……！」

「なんとでも仰い。なにが男爵よ、なにが王子妃よ！　ドブネズミがわたくしより高い地位に就こうだなんて、分不相応なのよ!!」

セリーヌの叫びに、周囲の貴族達が白けた目を向ける。今やセリーヌは彼らの中で痴《し》れ者扱いだろう。しかし、そのこととセシアの罪が明るみに出されたことは別だ。

「お前が才女だのなんだの持ち上げられてるのも気に入らないのよ、学園の卒業資格を剝奪《はくだつ》されるがいいわ！」

「……私はあの後改めて本名で入学試験に合格し、実力で卒業試験をクリアしているの。あんたが王都を出ていったあとにね」

セシアがそう言うと、すっかり〝セリーヌ〟として通った経歴で学園卒を称していたと思い込んでいたセリーヌは顔を顰めたが、すぐに気を取り直す。

「たとえそうだとしても、身分を偽って通っていたのは事実。この件に関しては遡って罪の裁きを受けた者も多いと聞くわ、お前だって例外じゃないはずよ！」

それは間違いなくそうだろう。セシアとてずっと気にかかっていたのだ。

ディアーヌ子爵がこの件で罪に問われていないのはセシアの罪が明るみに出ていないから。

彼女は学園には再度正規の試験を受けて入学、卒業したが、二年間セリーヌとして嘘をつき続けたことは事実なのだ。

「馬鹿……！」

ここまで来たら、今更この話を蒸し返してどうこうしようとはセシアも思っていなかった。代わりに残りの人生は正しく生きようと決めていたのに。

過去に置き去りにしてきた罪が、彼女を追いかけてきたのだ。

「あれは……セリーヌ・ディアーヌ？　どうやってここに……」

ホールのほうで騒ぎになっているのが聞こえて、マーカスはすぐにそちらに向かおうとした。が、扉の前にレインが立ちはだかり彼の行く手を邪魔する。

「レイン？」

「……あなたが関わらなければ、この件はセシア一人の話になります」

その言葉にマーカスは目を丸くした。レインはやや青褪めてはいるが、しっかりとした表情でマーカスを祈るように見据えている。

「つまり……この件を企《くわだ》てたのはお前か、レイン」

マーカスが悲しみと確信を持って言うと、彼は頷いた。セリーヌをこの会場に入れたり、他にもいろいろ便宜を図ったのだろう。

「俺は、あなたを助けたいんです……セシアはいい奴ですが、罪人です。あなた自身の罪ではなくとも、王子妃に罪人を選んだことで後々あなたが糾弾されてはかなわない」

レインの言葉に、マーカスは顔を顰めた。セシアを罪人と言われたことが、思ったよりも悲しかったのだ。

「……幼い子供が、保護者に強要されていたことであったとしても本人に罪があると？」

セシアは、幼い頃にディアーヌ子爵に強要されて学園の入学試験を受け、セリーヌの代わりに通い始めた。

子爵は彼女の実の伯父であり、対外的にも法的にも彼女の保護者だ。そんな相手に命じられてしまえば、善悪のよし悪しが分かっていようといまいと子供に拒否出来るはずがない。

「俺もそれは悩みました。セリーヌと身を偽っていたのはセシアの意思ではなかったのでしょう。ですが、あなたは同じように罪を犯したアニタのことを、きちんと断罪したではないですか」

そう言われて、マーカスは辛そうに視線を下げた。

マーカスはアニタのことも、助けたかった。助けたかったのだ。

しかし彼女のやってきたことは到底王子一人の裁量でなんとかなる域を超えていて、彼女の関わってきた事件には死者も行方不明者も大勢いた。なによりアニタ自身が救われることを望んでいなかったのだ。

大恩あるジュリエットを裏切ったこと、自分を無条件に受け入れてくれたメイヴィスを騙していたこと。それらに対してアニタ自身が最後に正しい行いをして、そして自分が罰を受けることを強く望んだ。

ジュリエットの企てに関して知っている情報や証拠を全て提示し、刑が決まったあとのアニタはメイヴィスやセシアとも面会せず、静かにその時を待っていた。

処刑ではなく、事件に関する功績を認められてせめて苦しまずにいけるようにという配慮の毒杯だけは受け入れたが、誰かになにかを言い残すこともなかった。

亡くなった実父の伯爵家から引き取りを拒否された彼女の遺体は、グウィルトからの移民扱いとなり無縁墓地に埋葬された。その手配をしたのはマーカスだ。

本来王子であるマーカスが罪人に肩入れしてはいけないのだろうけれど、彼にはどうしても機械的にアニタの死を処理することが出来なかった。

妹の侍女長として少なからず彼女と過ごした時間があることも理由だったが、そもそもマーカスには、王子として力ある存在に生まれたからには、アニタやセシアのように力がない子供を助けたい、という思いがずっとあった。

そのために変装して学園に潜入したり、王城内に経理監査部二課などという私的な調査部署を作ってきたのだ。

ディアーヌ家に搾取《さくしゅ》されていたセシアを救って後見をしたのも、最初はその考えに基づいたものだった。彼女を女性として愛するようになったのは自分でも驚きだったが、セシアを助けられたことは、マーカスにとっても、これまで自分がしてきたことは無駄ではなかったという自信を与えてくれる素晴らしい出来事だった。

その逆にアニタのことは、彼の力の届かない外国での、それも過去のことだったとしても、マーカスを打ちのめした。

いつだったかセシアが、自分はマーカスに見出され、アニタがジュリエットに見出されたその分岐点について考えていたが、まさにマーカスも同じようなことを考えていたのだ。

全ての子供を助けることは出来ない。しかし、目に映る、手の届く範囲にいる子供のことをマーカスは自分の力の及ぶ限り助けたい、と考えているのだ。

「アニタのことは……どうすることも出来なかった」

だからこう言ってしまうことは、マーカスの敗北だ。彼が顔を顰めているのを見て、レインも同じく悲しそうに顔を顰める。

「ええ、アニタは罪を犯しすぎていました。あれではどれほどあなたが奔走《ほんそう》しようと、もう取り返しがつかない。なにせ直接エメロードに害を為していたのですから」

「……」

レインは労《いたわ》るような優しい視線をマーカスに向けた。

彼は経理監査部二課を立ち上げる際に、キースと共にマーカスがスカウトしてきた最古参メンバーだ。言わずとも、十分にマーカスの理想も願いも知り尽くしている存在なのだ。その葛藤や、後悔も全て。

「殿下。何度も言いますが、全てを救おうとするあなたの考えと姿勢は素晴らしい。ですがその手が及ぶ範囲には限りがあるのです」

諭《さと》すような言い方に、マーカスは真っ直ぐレインを見る。

そんなことは勿論分かっている。

分かっているからといって、手を伸ばさない理由にはならないのだ。

ほんの少しでも、更に先に手を伸ばし続けたい。

それまで届かなかった誰かに、手を差し伸べられるように。

「あなたの理想はとても尊いものです。俺はあなたに見出され、助けられたからというだけではなく、あなたの理想に感銘を受けたからこそ従っているのです」

レインの言葉に、マーカスも僅かに頷く。

「だからこそ、その邪魔になりそうな要因は遠ざける必要があると考えています」

そう言われて、再び話が戻ったことが分かる。

「……セシアの存在が、俺の望みを妨げると？」

「ええ。あなたに落ち度がなくとも、王子妃が罪人だと知れ渡ればあなたの動きを制限しようとしてくる者もいるでしょう。それを理由にあなたの望みが叶わない時が来ることが、許せないのです」

レインの言いたいことは分かる。だが、そのために今のマーカスの望みは打ち砕かれても構わないというのだろうか。

確かに大義のためにマーカスは尽くすつもりでいる。だがそれは、滅私《めっし》の精神でなにもかもこなそうと思っているわけではない。ただ目の前で人が不幸になっていくのを自分が見ていたくないからだ。助けられるのならば、助けたい、それはマーカスの我儘だ。

そして当然マーカスとて、セシア同様聖人君子ではない。自己の楽しみや快楽も常識の範囲内で優先している。

自分のなにもかもを殺してまで、他人のために尽くすことなど出来ない。それが、彼が公人としての王になれないもう一つの理由でもあった。

人生は出来るだけ楽しく過ごしたい。

そのために未来の可能性に怯えて、ようやく巡り合えた愛する人を手放す気はマーカスにはなかった。

そして実は、少し早かったが、セシアが彼の婚約者として台頭すればいずれ誰かが彼女の過去を掘り起こすだろうということも予想していた。

セシアは「マーカスの瑕疵《かし》になりたくない」と言った。そのために彼女は地位を実力で勝ち取った。

ならばこの先その場所を守るのは、パートナーのマーカスの役目でもある。

「お前はアニタにしたように、俺にセシアのことも切り捨てろと言うのか」

「ええ。ですが、セシアは一般人としてならばこれからも生きていくことは出来ます。男爵位を返上しても、今の彼女にはあなたが与えた知識や力があり、平民として生きていくのになんの不足もありません」

レインの言葉に、マーカスは困ったように首を傾げる。

「……では俺がセシアを王子妃として娶るのを防ぐことが目的で、お前はセリーヌを王都に呼び寄せ今回の騒ぎを主導したということか？」

「そうです。俺はあなたに完璧な王子でいていただきたいのです」

「……俺の意思は無視か」

「結果的に、それがあなたの理想を守ることに繋がるはずです」

マーカスはますます困惑した。王子として生まれたからにはその生を全《まっと》うするつもりで生きてきたが、これではレインの思い描く王子の枠から逸脱することが許されないということではないだろうか。

「……ではレイン、お前はこれにどう収拾をつけるつもりなんだ」

マーカスは、セシアとセリーヌの口論を遠くに見ながら眉間に皺を寄せた。

まだセシアには余裕があるようだが、幼い頃から押さえつけられていた相手に対して徐々に興奮していっているのが見ていて分かる。

「収拾をつける必要などないでしょう。このままセシアもセリーヌ・ディアーヌも警備部に連行してもらえば済みます」

「……協力者であるセリーヌを見捨てるのか？」

マーカスが驚くと、なぜ彼が驚いているのか分からない、といったふうにレインは首を傾けた。

「セリーヌ・ディアーヌも罪人です。今までセシアのおかげで罪を免《まぬか》れていただけですよ、セシアが罰を受けるのならば彼女とその父親も罰を受けるのが道理でしょう」

レインはセリーヌのこともあくまで罪を犯した者として扱っている。公平といえば公平なのだろう。

しかし、あの様子ではセリーヌはそれを聞かされていない。セシアの犯した罪が明るみに出ても、自分は罪を免れると思い込んでいるかのようだ。自分に都合よく思い込むとは、いかにもセリーヌらしい。

「……だとしても、他者を巻き込む必要があるか？　この場で暴露する必要が」

それこそ法廷で暴露するべきだったのではないか。ロザリーや伯爵家に迷惑をかけてまで、ここで暴く必要があったのか。

「そうですね……この場を選んだのは、あの女の浅慮です。そういう意味でも、セシアは彼女によく似ている……」

レインは困ったように続ける。彼にとってもセリーヌの自己顕示欲とセシアに対する恨みは扱いにくかったらしい。

「しかし、殿下。あなたはセシアのことを本当に愛してしまっている」

「ああ」

「下手な方法でセシアを告発しても、今や男爵でありあなたの婚約者である彼女の経歴を隠蔽《いんぺい》しようとする者もいるでしょう……それでは困るのです、過去は変えられない。後ろ暗い過去を隠したセシアを、あなたと結婚させるわけにはいかなかった」

それを聞いて、マーカスはひたすら悲しかった。

レインは真面目すぎる。過去に罪を犯した者をただ断罪していくだけでは、ジュリエットが造ろうとしていた一部の人間にとって都合のいい世界にしかならない。

罪を償い、更生した者を受け入れることも必要なことだと、マーカスはずっと伝えてきたつもりだったのだ。

レインは、元々は国に属さない傭兵だった。

戦地を渡り歩き、その中で大勢の人を殺して生計を立ててきた。その後疲れきって戦争のないエメロードに来て、職にあぶれて盗みをしようとしていた彼を見つけたのがマーカスだったのだ。最初は彼を護衛として雇い、知識と教養を授けた。そして時間をかけて、今の穏やかだが芯の強いレインが出来上がったのだ。

その経緯からマーカスはレインが、マーカスの人を育て許す精神をよく理解してくれていると思っていた。しかし、違ったのだ。

レイン自身は傭兵としての仕事であったとしても大勢の人を殺すという罪を犯していて、そんな自分が彼の重荷になりたくない、という考えがずっと根底にあった。

そのために、二課長代理として努めて冷静に振る舞い、セシアや他の後輩達の指導に当たり、マーカスに迷惑をかけないように、そして彼の役に立つようにと励んできたのだ。

そんなレインにとって、セシアの存在は爆弾そのもの。都合が悪いことにマーカスとセシアは確かに愛し合っていて、秘密裏に過去のことを指摘した程度では隠蔽されて彼女との関係を続けることを選ぶ可能性があった。

勿論、レインとてマーカスが聖人君子だとは思っていない。清濁併《せいだくあわ》せ飲めるところも彼の美点だ。

けれどいつか、その愛によってセシアを選んだせいでマーカスが誰かに責められるところを、レインが見たくなかったのだ。

その時、マーカスが自分自身を責めるかもしれないことを危惧したのだ。

レインはそれを防ぐために、これまで噂をばら撒いたり消極的ながら周知させようとしていたのだがもちろん結果は芳しくなく、一方で刻々とマーカスとセシアの結婚の時は近づいてくる。そのため、上手くないやり方だと理解しつつもセリーヌが夜会で暴露する、という短絡的な方法を取らざるを得なかったのだ。

だがこれならば、確かにセシアは逃げも隠れも出来ない。

マーカスの名誉も傷つくかもしれないが、レインがこちらで彼を引き留めておけば後で知らぬ存ぜぬを貫き通すことが出来る。

なにせ、マーカスは既にジュリエットという罪人と婚約していた事実がある。二人目の婚約者も残念ながら軽犯罪を犯していたとして婚約破棄をすることは容易だろう。

セシアはその後、法の裁きを受け罪を償ったところで、また平民として暮らしていけばいいのだ。レインとてセシアの罪が死罪になるような大罪だとは考えていない。

けれど、罪を犯した者が王子妃になるのはまた話が違ってくる。

一生マーカスの弱点として存在することが、レインは許せなかった。


「……お前の言い分は分かった。そこをどけ」

「殿下、なにも分かっておられません」

レインが扉の前で構えた。マーカスも拳を握る。

元々戦闘要員だったレインと戦って勝てるかどうかは、マーカスには分からない。だがこのまま状況を指を咥《くわ》えて見ているつもりはなかった。

マーカスはセシアと結婚する。セシアが戦うのならば、共に戦うのがパートナーの務めだ。

「俺は俺の望みを諦めない。民のために尽くすし、愛する女のことも守る」

「その女は、誰か別の者でも構わないでしょう？　他にも素晴らしい女性はいるはずです、あなたに相応しい、あなたの愛を得るのに相応しい女性が」

レインの言葉に、マーカスは思わず笑ってしまう。彼はなにを言っているのだろう。

「世界中を探しても、俺にとってセシアの代わりなんていない。人を愛するとはそういうことだろう？」

「殿下！　こちらにいらっしゃいましたか」

そこにロイが慌てた様子で飛び込んできて、驚いたレインに隙が生まれた。その隙をマーカスは見逃さず、拘束魔法をレインにかけた。

「殿下……!!」

レインが責めるように声を上げるが、マーカスは首を横に振ってロイのほうを向く。

「ロイ、レインを見張っておけ」

「は、はい!?　なにがなにやら……あの、マーカス殿下。これ……」

なにがなんだか分からないながらも、ロイの上司はマーカスだ。上司がそう言うのならば、ロイは拘束されたレインを見張るしかない。

ロイが持ってきたのは、警備部からの報告書だった。ジュリエットの事件の際に、逃亡したセシアの身元を警備部が調べた結果である。

さすがというべきか、セシアがセリーヌに扮していた決定的な証拠こそ摑めてはいないようだったが、調査の結果、ほぼ全貌を把握しているかのような書き方だった。レインはこれを見て、休暇を取ってディアーヌ子爵の領地まで赴きセリーヌに接触したのだろう。

書類のページを捲り、マーカスは器用に片眉を吊り上げる。

「レイン、書類はこれで全てか？」

「は……？　ええ、そうですが」

拘束されていても、マーカスはレインの尊敬する上司だ。彼は質問の意図が分からないながらも首肯する。

「警備部め。最後まで調べてから報告書を上げろ……いや、当時はセシアは平民の執行官だったから、ここまでしか上げなかったのか？」

ブツブツと呟きつつ、マーカスは書類をロイに返す。

「殿下？」

「……レイン、お前らしくもないな。少し焦っていたのか？　自分で裏付け調査もしないなんて……」

マーカスがそう言うと、レインは怪訝な表情を浮かべた。

「なにを……？　まさか、警備部の調査内容が嘘だとでも？」

「いいや、これは正しい。だがこの調査報告を出した奴は途中までしか調べていない……まぁあの事件の際には、仕方がなかったのかもしれないが」

マーカスは溜息をついて、扉に手をかける。

「レイン……事を起こす前に、俺に直接相談して欲しかった。俺ならばきちんと説明出来たし、こんなふうに他の者を巻き込むこともなかったのに……」

悔しさを滲ませてマーカスが言うと、レインも悲しそうな表情を浮かべた。

「……俺も出来れば、あなたを悲しませたくなかったんです」

「…………もっと俺を信じていて欲しかったな。お前の主は、恋に狂って事実を捻じ曲げたりしない」

「それは、そうかもしれませんが……」

レインの声はだんだんと小さくなっていく。彼自身も何度も自分に問いかけたのだろう。

その上で、セシアという不安要素を放置しておくことがどうしても出来なかったのだ。

「そして、その上で俺は愛する者を守る」

マーカスは意識して、セシアが「悪童のよう」と称する悪戯《いたずら》っ子のような笑顔を浮かべた。

この茶番が既に始まってしまい、セシアが舞台の上に無理矢理登らされたのだとしたら、マーカスも馳《は》せ参じるべきだろう。

「弱点をそのまま放置しておくと思うか？　俺を見くびるな、レイン」

レインをロイに任せてマーカスが小部屋を出ると、キースがすぐそばにいた。ぱっと目が合うと彼はすぐに頭を下げ騎士の礼をする。

「……同僚の叛意《はんい》に気づかなかったことを、お詫びします」

「いい。レインのあれは正確には叛意ではないのだろうし……きちんと説明しておかなかった、俺の落ち度だ」

マーカスが長い睫毛を伏せると、キースは首を横に振った。

「なにもかもご自分の責任だと抱え込むのは、あなたの数少ない欠点の一つです」

「……唯一の欠点、とは言わないんだな」

乾いた笑いをマーカスが零すと、キースも僅かに唇を吊り上げて笑ってみせる。お互い、長い付き合いのレインの今回の行動に、少なからず傷ついていたのだ。

いつもの豪快で大らかな雰囲気とは違い、キースは歴戦の騎士の顔つきをしている。

「誰かに自分の全てを理解してもらおうというのは、傲慢《ごうまん》です。殿下が言葉を尽くしておられたのは、二課の皆が承知しています。レインは、その上であのような行動を取ったのです……気づけなかった咎は同僚の俺にあって、指揮官のあなたにはない」

それはキースなりの慰めの言葉だ。マーカスもレインも、互いにもっと話すべきだったのかもしれないし、キースの言うように誰かに完全な理解を求めることは傲慢なことであり、全てを話していたとしてもレインがマーカスの思いを理解したとは限らない。

「……それでも、理解し合うことを諦めるわけにはいかないな」

「諦めが悪いのは、殿下の美点です」

「美点か？　なら、もっと褒め言葉っぽく言ってくれよ」
ふ、と肩から力を抜いてマーカスは笑った。

未だ渦中のセシアはちらりと視線をやって、マーカスが小部屋から出てきたのを確認する。ロイが飛び込んでいった時は驚いたが、なにかあったのだろうか。少し、マーカスが元気がないように見えた。

とはいえあまりそちらにばかり意識を向けているわけにもいかず、好き勝手にセシアを責め周囲に声高に吹聴しているセリーヌに対し、セシアはじっと耐えていた。

替え玉の件を認めてしまったのは、悪手だったかもしれない。それよりもさっさとセリーヌを不審者だと告げてフェリクス達かもしくは伯爵家の衛兵に委ねてしまえばよかったのか。

セリーヌを目の前にすると幼い頃から虐《しいた》げられてきた反動で怒りが蘇り、冷静にことを進めることが出来ない。つい反論してしまうし、思わず彼女を殴ってしまいそうだ。余計なことを言わないように唇を噛みしめて、拳を握りしめる。

恐らく冷静になれば、セリーヌを攻略しこの場を切り抜けることも出来るはずだ。今は全く、いい手なんて浮かばないけれど。

この一年、セシアはそれなりに修羅場《しゅらば》を潜ってきた。セリーヌのいいようにはさせない。

そして、マーカスの隣も誰にも譲らない。

セシアは、自分が過去にセリーヌの名で学園に通っていたことが明るみに出て罪に問われるのならば、ディアーヌ子爵とセリーヌの罪も白日《はくじつ》の下に晒す覚悟でいた。

マーカスに迷惑はかかってしまうかもしれないが、それでもただビクビクと怯えて隠れるようなことはしたくない。勿論悪いことは悪い。けれどそれを暴かれたからといって、もうマーカスを失うことに怯えることはなかった。

とことんまで戦う。罪を償うために必要なことがあるのならば、全部こなす。マーカスのことも諦めない。

マーカスがくれた言葉があるから、セシアはもうなににも負けないのだ。

「どこ見てんのよ！　随分余裕ね」

こんな時だけ勘のいいセリーヌに指摘されて、セシアは意識を彼女に戻す。

どうやら彼女の持っている切り札は、セシアがセリーヌの名で学園に通っていたことのみのようだ。王子妃になろうという身では十分すぎるスキャンダルだが、平民のセシアにとってならば大した罪ではない。

勿論罪は罪であり罰を受けるべきだが、それを判断するのはセリーヌでも今ここにいる聴衆達でもなく、司法だ。あとはこの場をなるべく乱さないようにセリーヌを退場させて、場を落ち着かせることが肝要だ。

なにせここは、ロザリーの晴れの舞台なのだから。

そのロザリーは、セシアが罪を認めたことに驚いたように目を丸くしている。フェリクスやエイダのほうはもう見ることが出来なかった。彼らがこのことをどう感じているのか、知るのが怖い。

「私があんたの父親に命令されて、あんたのフリをして学園に通っていたのは事実よ」

セシアがそう言うと、セリーヌは勝ち誇ったような表情を浮かべた。これで勝った気にならないでほしい。

「三年前に学園で大規模な不正が取り締まられた際に、セリーヌとして通った際の成績や卒業資格は当然、取り消しという措置を受けたわ。当のあんたとディアーヌ子爵は領地に逃げて知らなかったかもしれないけれど。その後、未成年だった私はそのままマーカス殿下の後見を得て学園の入学試験を再度受験し、更に首席を維持して奨学生となりそのまま卒業したの。それが罪だというのならば、必要な罰は受けるわ」

カッ、とわざと踵《かかと》を鳴らす。

「ただし、私に罰があるというのならば、その不正を主導したディアーヌ子爵とその対象であるセリーヌ、あんた達にも当然罪の報いを受けてもらうわよ！」

「……お父様はともかく、わたくしはなにもしていないわ」

「そんなことが通るわけがないでしょう、セリーヌ」

セシアは彼女に言い聞かせるようにして言った。彼女は三年前からまるで成長していない。

子供のままのようだ。

確か結婚したと聞いた覚えがあるのだが、こんなことで女主人が務まるのだろうか。

様々な葛藤を抱きながらも、セシアは叫び出したいような衝動をこらえる。なるべく早く、これ以上ことが大きくなる前に場を収めること、それに集中すべきだ。

しかしそうやって耐えているセシアをセリーヌは嘲笑った。

「フン、いいザマね、セシア。王子様に見初《みそ》められて貴族になったからって調子に乗ってたんでしょう？　お前はどう足掻《あが》いてもドブネズミのまま。お前なんかを見初めた王子や、爵位を譲ったっていう侯爵の気が知れないわね」

「……彼らを侮辱することは許さないわ」

セシアの低い声が漏れる。


紫色の瞳は怒りに燃え上がっていて、今まで爆発しそうなのを堪えてつまらない反応しかしなかった彼女の明らかな変化にセリーヌはほくそ笑む。セシアが傷つけば傷つくほど、セリーヌは心地がいい。

セリーヌには、セシアにとって代わりたいだとかそういった思考はなかった。

自分よりもずっと格下だと思っていたパッとしない従妹《いとこ》にしてやられて王都を出ることになった時、我慢ならなかった。

父親のディアーヌ子爵は、更なる罪の追及を恐れて「セシアにはもう構うな」と強くセリーヌに念を押すばかり。その後彼女は金持ちの田舎貴族と結婚したが、ちっとも幸せじゃなかった。

華やかな王都で侯爵夫人になり、皆に傅《かしず》かれて過ごすはずだった未来との落差にずっと惨《みじ》めな気持ちだったのだ。

そこに舞い込んできた、セシアが第二王子妃になるという報せ。

腸《はらわた》が煮えくり返る、とはまさにあの時の気持ちを言うのだろう。我慢出来ずに王都に出てなにもかもぶちまけてやろうと思っていた時に、レインがディアーヌ子爵領にやってきたのだ。

そうして今、様々な巡り合わせの結果、セリーヌはセシアの全てを奪うためにここにいる。

地位も名誉も愛も全て、奪うために。

かつて全てをセリーヌが奪われたように、セシアからも奪ってやるのだ。

そのためには、決定的に誰の目にも明らかな醜聞が欲しい。過去の学歴詐称なんてケチな罪じゃなく、王子妃には相応しくない、と誰もが思うような無様《ぶざま》な姿が。

この場でセシアを激昂《げっこう》させて、セリーヌに暴力を働くシーンを聴衆に見せたかった。あの時のように魔法で気づかないようになにかされては意味がないため、大枚をはたいて魔法具を用意したのだ。

三年前、人々の前でセリーヌが味わった屈辱を、そっくりそのまま返してやりたい。

セリーヌの思惑通り、セシアの拳はぶるぶると震えている。

ここに来て随分甘やかされていたらしいセシアは、自分のことをどうこう言われるよりも王子や恩のある相手を侮辱されたことに怒りを募らせているようだ。セリーヌはニヤリと嫌らしく笑み、更に言葉を重ねようとした。

が、

「さて、そのへんにしておいてもらおうか。セリーヌ・ディアーヌ」

王子様が来てしまった。


セリーヌの思惑にハマるものか、と耐えてはいるものの激昂しているせいで考えが上手く纏まらず今にも殴りかかりそうだったセシアは、ヒヤリとしたマーカスの声にハッとなる。

「殿下」

セシアの目の端に溜まった怒りの涙を見て、マーカスは安心させるように微笑んでみせた。

それだけで、セシアの体から怒りと力が抜ける。

「まぁ、マーカス殿下。お久しぶりでございます」

セリーヌが白々しくカーテシーを行う。マーカスはそんな彼女に鷹揚に頷いて、口を開いた。

「先ほどから興味深い話をしていたようだな？　俺の婚約者が罪人だとか」

「ええ」

「少し情報が古いんじゃないか？」

セシアはそれを聞いてぎょっとする。恐らく彼は「ジュリエットのことと勘違いしているのでは？」と揶揄しているのだろうけれど、内容が洒落《しゃれ》にならない。

周囲の貴族達も笑うに笑えず奇妙な空気が流れるが、セリーヌははぐらかされてなるものかというように首を横に振った。

「いいえ、殿下。間違ってなどおりませんわ。わたくしが言っている罪人はあなたの隣にいるセシア・カトリンのことですもの」

びし、とセリーヌはセシアに指を突きつけたが、当のセシアは顔を顰めただけだった。マーカスが来た途端セシアが余裕を取り戻したことに、セリーヌは苛立っているようだ。

本当にセリーヌは学歴詐称の一点のみで突撃してきていて、後のことはこの公の場で暴露してしまえば単純なセシアが激昂しセリーヌに暴力を振るう姿を皆に見せる、というシンプルなシナリオを描いていたらしい。

ジュリエットあたりが聞いたら、眩暈を起こしそうな杜撰《ずさん》な作戦だ。

「セリーヌを連れてきたのはレインだ。彼は、お前の過去を知って王子妃に相応しくないとして公の場で告発するためにこの舞台を選んだ」

マーカスに囁かれて、セシアは目を丸くした。

レインのあの冷ややかな目は、セシアを罪人として蔑んでのことだったのだ。

確かに、セシアから見ても、レインはマーカスを神のように崇《あが》めて尊敬していた。

そんな彼の妃となる者が平民のセシアであるというだけで業腹だっただろうに、まして過去に罪を犯しそれを隠蔽していたとあっては許せなかっただろう。

「レインの件を考えることと自分を責めるのは後にしろ、セシア」

落ち着いた声で言われて、セシアは背筋を伸ばす。彼女はマーカスの翡翠色の瞳を見た途端落ち着いた自分に驚いていた。

状況はなにも変わっていない上に、たった今セシアは敬愛する先輩の裏切りを知った。だというのに、マーカスが来てくれただけで思考はクリアになり、怒りが鎮まるとメラメラと闘志に燃えてくる。今は今すべきことを考え、行動すべきだ。

「……分かりました」

セシアも小さな声で返事をする。

おまけにこの食えない王子様、この悪童らしい笑顔を敢《あ》えて浮かべている時は本当に悪いことを考えている時なのだ。

思えば、彼のことを「悪童のようだ」と初めて感じたのも、こんなふうに夜会でセリーヌに対峙している時だった。今回も、セシアを完全な勝利に導いてくれるのだろう。

「準備はいいか？　婚約者殿」

「勿論ですわ、未来の旦那様」

いつもの呼びかけにいつも通りセシアが返すと、マーカスはとても魅力的に微笑んだ。

さて、反撃開始だ。

「で、殿下……その、そちらの令嬢の仰っていることは本当なのですか？　ヴァレン男爵は学歴詐称をしていたと……？」

彼らの周囲を取り囲んでいた貴族のうち、厳《いか》めしい顔つきをした年嵩の男性が発言する。

「ノーウッド卿。その表現は正確ではない」

マーカスが返事をすると、ノーウッド卿と呼ばれた彼は顔を顰めた。

男性優位の騎士団に所属している歴戦の戦士達の中には、国の法律で認められていたとしても女性でありながら男爵位を授かり、王子の婚約者として突然躍り出た元平民のセシアに懐疑的な者が多いのだ。

結果的に騎士の多いこの場は、セリーヌにとってやや有利な場所とも言えた。この夜会の選別はレインがしたのだろうか。本当によくものが見えている男なのに、どうしてこうなってしまったのか。

マーカスは周囲を見渡して、ノーウッド卿と同様の考えの者達にも聞こえるように、よく通る声を出す。

「今セリーヌ嬢が指摘しヴァレン男爵が認めた通り、ヴァレン男爵セシア・カトリンは、セリーヌ・ディアーヌ子爵令嬢の代わりにその名を偽って学園に通わされていた」

ハッキリと告げると、大きくその場がざわめいた。

セシアとセリーヌの口論だけならば最悪なにかしらの大きな力で揉み消すことが出来たが、王子であるマーカスが宣言した以上それはもう取り消しようのない真実だということになる。

セシアは僅かに唇を戦慄かせたが、マーカスを信じて引き結ぶ。彼はセシアを見捨てたりしない。そして彼がまずセシアの罪を認める発言をしたのならば、その先に突破口があるのだ。

マーカスはいつもセシアを信じてくれた。今度はセシアがマーカスを信じて任せる時だ。この人は自分のことを裏切らないと信じる、それがセシアの愛情の形だった。

マーカスの言葉は続く。

「しかし、それは伯父であり後見人であったディアーヌ子爵に命令されてのことであり、当時身よりもなく年端もいかない子供だったヴァレン男爵は従わざるを得ない状況だったと推察される」

マーカスがそう言うと、ノーウッド卿は痛ましそうに目を細めた。騎士道は、か弱い女性や子供を守るものだ。セシアの幼い頃の境遇を不憫《ふびん》に思ってか、あちこちから溜息が漏れる。

「未成年ならば許されるとでも仰るの？」

セリーヌがすかさず口を挟むと、一部の貴婦人達は顔を顰める。そんな場合ではないかもしれないが、王子の話に差し出口をしたからだ。

「無論、罪は罪。だが情状酌量《じょうじょうしゃくりょう》の余地がある、という話だ」

王子の言葉にノーウッド卿を始め騎士の面々が、なるほど、という顔をしたため、セリーヌは内心で舌打ちをする。

以前もそうだった、この王子は弁が立つのだ。こうして一つ一つ布石を打って、最後には皆彼のペースに巻き込まれ話をひっくり返されてしまう。

「罪は罪だと仰るのならば、セシアに罰をお与えください！」

セリーヌが負けじと声を上げると、マーカスはにっこりと微笑み、セリーヌはそれを見てゾッとした。整った顔が美しく微笑んだだけだ。なのになぜかセリーヌの背筋を悪寒が走った。

「俺は常々、罪を犯した者はしかるべき罰を受けたあと、償う機会が与えられるべきだと考えている」

「なにを甘いことを……」

「ではどんな罪であろうとも罰を受け、一度罪人になれば二度と償いの機会は与えられないとでも？」

流れるようにマーカスに言われて、セリーヌは少し戸惑いつつ頷く。よく考えずに返事をすると、彼に言質《げんち》を取られるだけだと警戒しているのだ。

しかし、今の内容に関してはセシアを糾弾するためにセリーヌは頷く必要があった。

「……ええ、そ、そうですわ！　一度罪を犯した者は、罪人と呼ばれるのが相応しいと考えます。そうならないように、人は普段から己を律し正しい行いを心掛けているのではなくて？」

言いながら、これはなかなか正義を気取る騎士達も好みの口上なのではないかと思い至り、だんだんとセリーヌの声が大きくなる。

するとマーカスはそのまま引き取った。

「ではセリーヌ嬢。三年前、セシアに殴りかかった君も罪人というわけだな。なにせ彼女は今や男爵であり、俺の婚約者だ。遡って罪を追及する、のだろう？」

ニヤッと嗤われて、途端セリーヌはしまった！　と唇を噛んだ。だが、今はセリーヌの話ではなかったはずだ。煙に巻かれてなるものか。

「話を混同しないでくださいまし！　今はわたくしのことではなく、その女が王子妃に相応しくない罪人だという話をしているのですわ!!」

何度も罪人呼ばわりされて、セシアが改めて顔を顰める。

そんな恋人を優しく見遣って、マーカスは仕上げに入る。

どうして誰も彼も、マーカスが愛するセシアを罪人などと呼ばれて平気だと思うのだろう？

当のセシアすら自分は罪を犯していて、それに関しては素直に罰を受けるつもりでいる。

マーカスの愛は、あらゆることから愛する者を守る。そしてその根回しに労《ろう》を厭《いと》わないのだ。

「セリーヌ嬢には否定されたが、エメロードは法治国家であり罪の大きさとそれに応じた罰は司法が判断している。当然、罪を償った者は再び同じ罪によって裁かれることはない」

アニタの場合は、その罪が重すぎた。どれほど情状酌量の余地があろうと、かつて未成年であったとしても、彼女の行いによって多くの命が奪われすぎていた。

だが幸いとでも言おうか、今回のセシアの罪に対する罰はこれまでの判例からも想像がつく。

「学園に身を偽って通っていた罪。その後セシアは自身の名と実力で再入学、卒業しているので学歴の詐称は正確な罪状ではないだろう」

トントンとマーカスは顎を叩いて呟く。周囲もそれは確かに、と頷いた。事実、セシアは自力で入学し卒業を果たしているのだから。

「では司法が下した罰を公表する。相応の罰金と、保護者監督下による謹慎……」

「ちょっと待って!!」

セリーヌが叫んだ。

「……なんだ」

さすがにマーカスが冷たい視線を彼女に向けると、セリーヌは怯みつつも吠える。

「司法が下した？　なによそれ、それじゃあまるで既にセシアに罰が下ってるみたいな言い方じゃない！」

この展開にはセシアも表情に出さないようにしながら、内心で大いに頷いていた。ハッキリ言って覚えがない。

少し不安になってマーカスを見上げると、彼はこちらを見ないままにセシアの手を握った。

「自分が知らないからといって、ないものとして扱うのは浅慮だなセリーヌ・ディアーヌ」

「なっ……！」

直截《ちょくさい》な罵倒に、カッとセリーヌの顔が朱に染まる。

「セシア・カトリンが身を偽って学園に通っていた件は、三年前に既に立件され罰が下っている」

「!!」

再び大きく場がざわめいた。フェリクス達は勿論、拘束されたままそれを聞いていたレインも当然大きな衝撃を受けていた。

「罰金……？」

セシアは小さな声で呟く。払った覚えがない。当然、謹慎をした覚えもなかった。

それを見て、マーカスは悪童らしい笑顔を浮かべた。

「セシア・カトリンの罰金は、当時彼女の保護者だったディアーヌ子爵が支払った」

「お父様が!?」

「保護者だ、当然だろう。それに、その分の金は本来彼女がセリーヌ嬢の代わりとして学園に通った報酬として支払われるはずだった金であり、それを子爵が支払わない場合は新たにセシアとの間に契約不履行を生じさせ更なる罪が加算される恐れがあった。そのせいか、勧告に応じて子爵は快く支払ったぞ」

恐れがある、などとマイルドな言い方をしているが、絶対に立件するぞと脅したに違いない、とセシアは思う。この男はそういう男なのだ。

「その後子爵はセシアの保護者を降り、第二王子である俺が後見人に就き、彼女の謹慎を監督した」

「………ひょっとして、首席入学のための勉強合宿のことですか」

セシアがまた小声で囁くと、マーカスは無言で微笑んだ。

王子が後見に付いて学園に入学するのだから入学試験は満点での首席入学が当然、奨学生になるためにそのあとも成績をキープしろ、と言われて王都の別邸でクリスと複数の講師の監視の下、セシアは試験対策をさせられていたのだ。

ディアーヌ子爵が領地に引っ込んだせいで住む家をなくしたセシアとしては、衣食住が保証されて勉強だけしていればいい環境はこれまでに比べて天国のようだったため、深く考えることなく状況を受け入れていた。

その間に学園の不正事件の事後処理が行われ、その騒ぎにセシアを巻き込まないための口実かと思っていたのだが、あれが謹慎期間だったとは。

信じられない、とセシアが目を見開いて彼を凝視するが、マーカスは相変わらずこちらを見ない。しれっとした顔がまた憎たらしい。

「分かるか？　つまり、セシアの罪は既に司法によって裁決が下されていて、更に彼女はその罰を受け、罪を償っているんだ」

スラスラとマーカスが言うのを、セリーヌは勿論その場にいる誰もが呆然として聞いていた。

「さて、ここまでで質問は？　うん？」

ぐるりと見回して、彼は朗々と語る。

「ないようだな。では結論を言おう、セシア・カトリンは今現在このエメロードの司法において罪人とは見なされない！」

ハッキリとした、声だった。

シン、となったホールに、レインの声が響く。

「そ、それでも……それでも、セシアが過去罪人だったということは事実です」

「……そうよ！　元罪人であろうと現罪人であろうと関係ないわ！　セシアは王子妃に相応しくないのよ!!」

ロイは素早くレインに沈黙の魔法をかけた。これ以上余計なことを言われては収拾がつかなくなる。だが一歩遅く、案の定セリーヌが再び甲高く叫んだ。

もはや聴衆は話についていくのが精一杯だ。

「……このことを公にしていなかったのは、そう指摘されれば俺が困るからだ」

「？」

突然脈絡が感じられないことを言い始めたマーカスにセリーヌは眉を寄せたが、話の展開に気づいたレインはハッとして顔色を変えた。

ちなみにセシアはこの後、事後報告がすぎるマーカスを殴ろうと心に決める。

「セシアがもはや罪人と呼べない存在なのに、王子妃に相応しくない、などと言われるのは結婚相手が俺だからだ」

確かにセシアの夫となる者が平民だったならば、相手さえ経歴を気にしなければなんの問題もなく結婚出来るだろう。

「分かるか？　セシアを責める理由がもうないのならば、結婚出来ない要因は俺のほうにあるということだ」

彼の言葉に、周囲もセシアもハッとする。もしもレインが沈黙の魔法をかけられていなければ彼は間違いなく、続くマーカスの言葉を制止していただろう。

「セシアと結婚するために、俺が王子であるということが障害になるのならば、俺はその座を降りようと思う」

「ダメです!!」

セシアは咄嗟になにも考えず叫んだ。マーカスの腕を掴んで、馬鹿な考えは止めるように促す。

「そんなの、絶対にダメです。陛下や、王太子殿下だってお認めにならないに違いありません」

「だが、このままでは俺はセシアとは結婚出来ないらしいが？」

彼は意地悪く片眉を上げて見せる。セシアは今すぐこの美丈夫の頬をひっぱたいてやりたくてたまらなくなった。

「それとも、俺と結婚するのを止めるか？」

問われて、セシアはハッキリと首を横に振った。

「止めません。あなたを、愛しているから」

「それはよかった。俺もだ。王子の座を退いても、お前と結婚したい」

熱烈な言葉だが、セシアは青褪めるばかりだった。

彼はこんな場面で人を試すような悪い冗談を言うような男ではない。ということは、本気なのだ。

あれほど王子として自分の人生を懸けてきた人が、セシアの過去の問題のせいでその座から降りようとしている。

「とにかく、ダメですそんなの……他に方法を探しましょう。私がもっと重い罰を受けるとか……」

「セシア、落ち着け。俺が王子でなくなったところで国政に影響はない。また俺は王子としての権能はなくなるが、これからも自分の出来る範囲内で国に尽くし続けることは変わらない」

「でも王子だからこそ出来ることもあるでしょう？」

必死にセシアが言うと、マーカスは微笑む。

「王子でなくとも、この国を守っている者は大勢いる。ここにいる騎士達も、そして多くの貴族、国民自身もだ。俺は今まで王子だったから、王子としてできることをしていた。だが、王子のままでいては出来ないことも多くあった。これからは、その部分に尽力していけばいいだけだ」

そう言われて、セシアは以前マリアと共に行った王都の外れの孤児院を思い出す。彼が王子として働きかけても、あの施設の状況はあまり改善されていなかった。それを、孤児院を支援する貴族として議会で議題に上らせることが出来れば、なにか変わるかもしれない。

マーカスはそういうことを言っているのだろう。

しかしそれでもセシアは首を横に振って、彼に考え直すようにもう一度言う。その必死な姿に周囲の者は思わず彼女を応援したくなった。

エメロードの王子は皆、形式上騎士爵を授爵している。そしてマーカスは形式だけではなく騎士訓練にも参加していて、この場にいる騎士は彼と親しく話をしたことがある者も多い。

そもそも、エメロードの民は皆マーカスのことをどこに出しても恥ずかしくない、自慢の第二王子だと思っているのだ。それが高じてレインのように彼を守るためにと余計なことをしてしまう者がいるほどに。

そんな彼が一人の愛する女のために王子の座を降りるという。そして彼女の罪は、今や償いが済んでいて罪と呼んで糾弾するには弱い。

だとしたら、ここで彼らの愛する王子様を失うことは、ただの損失なのではなかろうか？

彼らを代表してノーウッド卿が声を上げた。

「殿下」

「……なにかな、ノーウッド卿」

マーカスは勿体ぶって彼を見遣る。セシアは縋るような視線をノーウッド卿に送っていた。

どんな手を使ってもいいから、彼を王子の座に留まらせる方法を教えて欲しい。

彼女のそんな強い願いを心得たようにノーウッド卿も頷いた。ここにいる者は皆、マーカスの味方だ。

セシアの味方、というわけではないが、今この瞬間に限定すれば彼らの目的は一緒だった。

「我々エメロード国民は、既に罰を受け罪を償ったヴァレン男爵のことを罪人だとは思いません」

ノーウッド卿が総意であることを示すように両手を広げると、周囲にいた貴族達も頷く。

マーカスはそれを見て、わざとらしく首を傾げた。

「そうか？　先ほどまで貴公らはセリーヌ嬢を支持していたように見えていたが？」

「我々は自由と公平を尊ぶエメロード国民。罪を償った方が更生しようとすることは、勿論素晴らしいことだと考えます」

「貴公にそう言ってもらえると頼もしいな」

それを聞いて、マーカスは嬉しそうに微笑んだ。ノーウッド卿はそれから恭順《きょうじゅん》を示すように膝を折った。

騎士達は皆同じ礼を執り、女性達も皆淑女の礼をする。

「……エメロード国騎士団長、グラン・ノーウッドの名において申し上げます。ヴァレン男爵は、殿下の婚約者として相応しいと考えます」

セシアはその光景にドキリとした。

この場にいる皆が、マーカスに王子でい続けて欲しいと望み、彼の願いを汲み取ってセシアの罪をこれ以上追求しない、とハッキリとした態度で示したのだ。

「……殿下」

セシアが呆然とした声で彼を呼ぶと、マーカスは微笑む。

恭順の意を示した者の中にはフェリクスとエイダ、ロザリーもいた。彼らの中の大部分はセシアを認めてくれたのではない、マーカスのためにセシアを受け入れたのだ。

けれど、そのマーカスがセシアを切り捨てることは絶対にしない、と宣言したからこの光景が広がっている。

彼女は瞳が熱くなるのを感じた。

ロザリーが今夜言っていたことを思い出す。セシアは権力を嫌っているけれど、使い方ひとつで自分を守る盾にも武器にもなるのだと。

マーカスはいつも揺らぎなく微笑む。

それが、彼を守る武器になるのだ。

「セシア」

マーカスに促されて、セシアはそろそろと顔を上げる。紫色の瞳が彼の翡翠色の瞳を見つめた。強くて、優しくてしなやかな人。

セシアは彼に並び立つ人になりたい。

一つコクリと頷いて、フェリクスとエイダのほうを見遣って口を開いた。

「バーンズ、エイダン。セリーヌ・ディアーヌを拘束してください」

今、セシアに出来る最大限の威厳を持ってそう言うとフェリクスとエイダは弾かれたように動き、セリーヌを拘束した。

「セリーヌ・ディアーヌ。この場を混乱させた罪で、警備部に身柄を引き渡します」

「こっの……ドブネズミが……！」

セリーヌが忌々しげに吠え、セシアに向かって飛びかかろうとするがフェリクスとエイダが止める。セシアは怯んで体を引くこともなく、堂々と立っていた。

そして、告げる。

「私はヴァレン男爵、セシア・カトリン。逃げも隠れもしません、あなたの私に対する行動はこれから司法の下で、公正な判断が下されることでしょう」

魔法とも体術とも違う武器が、セシアを守り、強くした。

何事かを喚くセリーヌを、フェリクス達が連行していく。顔を巡らせると、レインのことも
キースとロイが連れていくところだった。思わずそちらに近づこうとして、セシアは思い止まる。

彼がマーカスの妃としてセシアは相応しくないと考えこの騒ぎを招いたのならば、結局マーカスのおかげでこの事態が収まっただけの現状でセシアがなにを言ったところで無意味だろう。

セシアは、彼女のこれからの行いによってマーカスに自身が相応しいことを証明する必要があるのだ。それは、レインに対してだけではなく貴族や、この国の全ての者に対して。

連行されていくレインの背中を見ながら、セシアは拳を握った。

「……望むところだわ」

その拳を、マーカスの大きな手の平が上から包み込む。顔をそちらに向けると、彼は困ったように微笑んでセシアを見ていた。

レインと決定的に道を違《たが》えてしまったのだ、そのことで傷付いているであろうマーカス。セシアには彼女が辛かった時に彼がくれたようには、彼に渡せる言葉がない。

誰よりもマーカスにこそセシアを選んだことを後悔させないために、証明し続けることをセシアは静かに彼に誓った。

遠くで荘厳な鐘の音が鳴り響き、この日のために誂《あつら》えたドレスの裾のレースがふわりと揺れる。

温かな唇が離れていく感覚にセシアが瞳を開くと、目に最初に飛び込んできたのは燃えるような真っ赤な髪。すらりとした鼻梁《びりょう》、長い睫毛。

現れた翡翠色の目が面白そうに細められる。

「キスの時は目を閉じるのがマナーでは？」

「……一秒前までは閉じていました」

屁理屈を言うと、それすらも愉快だとばかりにマーカスは笑う。

「……それにしても私の罪をあんなふうに処理していたなんて、知りませんでした」

「勿論なにもかも正攻法でやったわけではない。違法な手段は使っていないが、権力は使ったからな」

マーカスは珍しく言葉を濁す。

「本来ならばセシアを婚約者とした時点でそのことを公表すべきだった。だが、やはり誰にも気づかれることがないのならばそのままにしておきたい、という……俺の狡さがあった」

睫毛を伏せる彼の、だらりと落ちた手をセシアは握る。

セシアの罪のせいで、彼にそんな気持ちを抱かせてしまったことを申し訳なく思った。

あの後。

フェリクスとエイダがセリーヌを連行していったあと、彼女は男爵を貶めた罪で裁判にかけられることになった。

セリーヌが堂々とディアーヌ子爵の罪を暴露したために、彼女の父親も改めて罪に問われることとなり現在は親子共々刑が下るのを待つ身となった。彼らにどの程度の罰が与えられるのかは想像もつかないが、セシアの立場に忖度《そんたく》することなく、公正に裁決を下すようにと伝えている。

そうすることでセシアの過去は公になることになるが、それも今となっては当然のことだと思っている。セシアはもっと早く、自分の罪に向き合うべきだったのだ。

そうすれば、少なくともマーカスはレインと離れる必要はなかったはずである。

レインは今回の騒ぎを先導したとして聴取を受けたが、直接なにかをしたわけではなかったので、罪には問われなかった。

しかし、自ら責任を取る形で経理監査部二課を退職し、王都郊外の河岸工事の人夫として肉体労働に従事する道を選んだ。

それが彼の責任の取り方であり、自らに科した罰であることは明らかだった。あれほど尊敬していたマーカスの下を離れることは彼にとってとても辛い選択だったはずだ。

マーカスとしても付き合いが長く、腹心とも呼ぶべき部下を失ったことは痛手だったようだが、何事もなかったかのように振る舞っている。

セシアとしては厚かましいかもしれないが、レインにはいつかマーカスの下に戻って欲しいと考えている。だがこれは気持ちの問題で、罪を償ったからといって簡単に整理出来るものではないだろうから、どうなるのかはまだ分からない。

それから二課のほうは、レインに代わりキースが課長代理になり、ロイやフェリクス達はどれほどレインに負担が集中していたのか痛感していた。

「お前、王子妃になっても暇だったらこっそり変装して戻ってこねぇ？」

書類仕事にうんざりしているフェリクスが言い、そんな彼の頭をエイダが殴るまでがお約束の流れとしてセシアにも馴染んできた。

セシアが罪を隠していた件についてロイは、

「セシアさんが再度学園に入り直していた以上、学歴詐称とも言えませんし。僕はセシアさん自身を知っています、なにも変わりませんよ」

と言ってくれて、他の二課の面々も頷いてくれた。

黙っていたことで騙していたと思われたら、軽蔑されていたら、と不安だったがその言葉がセシアを救った。

ちなみにロザリーにはあの後ものすごく叱られた。

ああいうことが起こる可能性があるのならば先に言っておいて欲しかったし、その場合もっとフォロー出来たのに、と。

「結婚のお祝いの場なのに、あんなことになってごめんなさい」

セシアが謝ると、ロザリーは顔を顰めた。

「全くだわ！　準備にどれほど時間がかかったと思っているの！　あなたの結婚祝いの場では、わたくしに一番いい席を用意なさい!!　友人として！」

「え……まだ、私の友達でいてくれるの？」

セシアが驚いて目を丸くすると、ロザリーはフン、と鼻を鳴らした。

「当たり前でしょう。今回のことは、わたくしが学生時代にしたことのツケが回ってきたのだと思って不問にして差し上げるわ」

過去、セリーヌとして学園に通っていたセシアをイジメていた件を言っているのだろう。それ以上に王子の婚約者になってから世話になっている自覚があったので、あの頃のことはそれこそセシアにとっては不問にするべきことだと思っていたのだが。

「……思えば、わたくしはあの頃からあなたのことが気にかかって仕方がなかったのね……これで貸し借りなしの、対等な友人としてお付き合い出来るわ」

明るく笑い飛ばしたロザリーはとても魅力的だった。

ずっと罪の意識だけがあった、セリーヌとして学園に通った時間は、セシアにとっても意味があったのだと思うと不思議な気持ちになった。

なにせ、これほど素晴らしい友を得ることが出来のだ。その点だけは、感謝したい。

様々なことに思いを馳せてついぼうっとしていたセシアの額にキスをして、マーカスは笑った。

「おかえり？」

「……ただいま戻りました」

セシアは顔を赤くしつつ返事をする。この王子様の甘いキスにはまだまだ慣れることが出来ない。

「なにを考えてたんだ？」

「…………もっと私が強く賢ければ、上手く出来たのに、と」

セシアの言葉にマーカスは瞳を瞬く。

セシアは常にその場で最善を尽くしてきた。自分の能力不足を嘆き反省することは大切なことだが、彼女は十分有能で、落ち込む必要は全くない。

マーカスの見出したセシア・カトリンは、とても優秀な執行官に成長していた。そして、美しい女性として今花開いている。

「なにもかも思い通りにしようとするのは、傲慢なのだそうだ」

レインのことを、彼女が気に病んでいることは分かっていた。マーカスとて勿論辛い。しかしマーカスもセシアも全知全能の神ではない、どれほど足掻こうとなにもかも思い通りに事を進められるわけではないのだ。

だからこそ過《あやま》ちを正し、許し、己を見つめて歩んでいくしかない。

「……そうかもしれません。上手くいかない時もあるとは思いますが、これからも自分の良心に従って正しい行いをしたいと思います」

セシアの言葉に、マーカスも頷く。

後悔に立ち止まることはあっても、決して前に進むことを諦めてはいけないのだ。その点、セシアが最初から掲げている信条は自分達にぴったりだとマーカスは考えていた。

「俺もいる。一人では無理なことでも、二人なら出来るはずだ」

「でも殿下には、いつも助けてもらってばかりで……」

苦笑を浮かべてセシアがそう言うと、マーカスは首を横に振った。その動きに合わせて、燃えるような赤い髪がキラキラと陽光を弾く。

その様子を眩しく見つめていると、またキスをされた。チュッ、と可愛らしい音を立てられて、セシアはまた頬を朱《あか》くする。

「セシアが困っている時は俺が助ける。だから、俺が困っている時はセシアが助けてくれ」

「必ず」

即答すると、マーカスは嬉しそうに笑った。

「だから、もう二度と王子を辞めるなんて言わないでください。私は王子としてのあなたの在り方を欠片《かけら》も損ねたくないんです」

「……俺の王子としての在り方は手段であって目的ではない。愛する者のためなら捨てる覚悟はいつでも出来てるぞ」

彼の言葉に、セシアは瞳を熱くした。

マーカスがずっと大切にしてきた王子としての矜持。それを、セシアのためにいつでも平気で捨てると言っているのだ。

嬉しく思ってはいけないはずなのに、どうしても嬉しくて、そして同時に彼にそんなことをさせてはならない、と強く思う。

その点に関して、セシアはレインに賛成だ。王子はマーカスの天職。彼からそれを奪うことは国家の損失でもあり、マーカスの魂《たましい》の在り様をも変えてしまうだろう。

「……よく分かりました。私が絶対にそんなことはさせません」

セシアは決意する。マーカスに守られてばかりの自分はもう終わりにする。これからは、彼のことを守ることの出来るパートナーになるのだ。

意気込むセシアに、マーカスは優しく目を細めた。

マーカスは、この国をよくしたい。王子に生まれたからには、自分を育んでくれたこの国に貢献したい。

ずっとそう思い、そのための仲間をずっと求めていた。二課の仲間達はそのために集めたのだ。

自身の幸福を後回しにしたつもりは全くなかったが、それでも結果、自分のことは二の次にしてきてしまっていた。

だが、その先でマーカスはセシアに出会えた。

彼女は共に戦ってくれるし、彼女とならば共に幸せになれると信じている。

今後も二人は二人である以上、様々な問題が降りかかるだろう。けれど、セシアとならば共に困難に立ち向かっていけるだろう。

「……とはいえ、さっそく茨《いばら》の道なんだろうな」

マーカスが言うと、セシアは強気に微笑んでみせた。

二人の結婚に先立って、エメロード王室から正式にセシアの過去が発表された。

既に償いが済んでいることと王室がそれを承知していることも公表されたので、大きな騒ぎは起こっていないものの、当然賛否両論の意見が飛び交った。

国民からは、平民出身で学園首席卒業という経歴のおかげでむしろ好意的に受け入れられているが、頭が固い国の重鎮達からは渋い顔をされている。

セシアはそれらに対して、これからの行動で示していくしかない、と考えていた。

二課でマーカスに、そしてたくさんの人達に教え導かれて得たもので、これからも戦い続けていくだけだ。

昼間の早い時間なので灯りのない室内に、外のキラキラとした陽光が差し込んできた。控室からバルコニーに続くガラス扉が開け放たれると、多くの国民が第二王子と新たな王子妃を歓迎している歓声が聞こえてくる。

祝いの花の香りと楽団のファンファーレが柔らかな風に乗って、手を握り合うセシアとマーカスの下に届く。

本日名実共にマーカスのパートナーとなったセシアは、彼の手を握ったまま新たな一歩を踏み出した。

唇には勝気な笑み、瞳は爛《らん》と輝いている。

「あなたが共にいてくれるのならば、大丈夫です。私は、もう誰にも負けません」

そう、なにせセシアの信条は、常に徹底抗戦なのだから！

あとがき

はじめまして、もしくはこんにちは、林檎《りんご》と申します。

この度は、『ワケあって、変装して学園に潜入しています2』をお手に取っていただき、ありがとうございます。セシアという一人ぼっちの女の子が、愛されて導かれて、家族を得て幸せになるところまで無事にお届け出来て、とっても嬉しいです。

このお話をWEBで連載し始めた時、まず八千文字ほど冒頭を書き、その後すぐに五千文字程度の最終話を書きました。ちょこちょこ書き直したりもしましたが、ラストのシーンは最初に書いたものをほぼ使っています。

最初と最後が出来たので、後はざっくり作った章ごとのプロットを元に、物語を書いていく過程を楽しく味わおう、と思ってスタートしました。それまでこんな書き方をしたことはなかったのですが、なぜかとにかく今回はこのやり方でいこう！　とワケのわからないマインドでした。

三カ月ぐらいほぼ毎日更新して書き、その間いろいろあったし大変だった筈だと思うのですが、終わってみるとずっと楽しくて、読んでくださる方にたくさん声を掛けてもらえてた嬉しい記憶だけが残っています。

連載中にPASH！さんに書籍化のお声掛けをいただいた時は、まだ終わってないんですけどいいんですか!?　と、とっても驚きました。お話をいただいた以上は絶対最後まできちんと書かなければと緊張したものの、私には最後を書いた五千文字があったので、謎の安心感がありました。ラストだけあっても、どうしようもないのにね。

連載が終わると、明日から更新がないのが寂しい、というお声もいただきました。嬉しくて涙が出ました。ずっと頑張ってきたことが、私の独りよがりではなく、誰かの毎日の楽しみになれていたことが、幸せでした。

そんなこんなで、出来上がりましたお話です。書いたのは私一人ですが、大勢の方のおかげで完成した作品です。

そしてそのおかげでとても嬉しいことに、本作をコミカライズしていただけることになりました！描いてくださるのは七野なずな先生です。今回巻末にも、コミカライズ版の素晴らしいキービジュアルが掲載されています。続報はまた順次お知らせしていきますので、是非皆様にも楽しみにお待ちいただければと思います！　私はすーごく楽しみです！

2巻も引き続き、彩月つかさ先生に素晴らしいイラストを描いていただきました！　ありがとうございます！　表紙の、マーカスの色を纏い強気に微笑むセシアが本当に魅力的で、そんな彼女を愛おしげに見つめるマーカスがとっても素敵です。

何者でもなかった私に声を掛けてくださった、担当編集様。本当にお世話をお掛けしました。全然自信のない私に何度も、すごく面白いです！と励ましてくださってめちゃくちゃありがたかったです。出版にあたり携わってくださった多くの方々にも、お礼を申し上げます。

いつも応援してくれる友人達。私に本を読む楽しさを教えてくれた家族。そして、この作品を読んでくださった全ての方に、感謝しています。

おかげ様でこの作品に関わっている間、ずーっと幸せでした。ありがとうございました！

二〇二三年二月吉日　林檎

コミカライズ
企画
進行中!
ワケあって、変装して
学園に潜入しています
原作▶林檎　キャラクター原案▶彩月つかさ
漫画▶七野なずな
URL：https://pash-up.jp/
Twitter：@pashcomics
PASH UP!

この本を読んでのご意見・ご感想・ファンレターをお待ちしております。
〈宛先〉　〒104-8357　東京都中央区京橋3-5-7
（株）主婦と生活社　PASH！ブックス編集部
「林檎先生」係
※本書は「小説家になろう」（https://syosetu.com）に掲載されていたものを、改稿のうえ書籍化したものです。
※この作品はフィクションであり、実在の人物・団体・法律・事件などとは一切関係ありません。

PASH! ブックス

ワケあって、変装して学園に潜入しています２

2023年3月13日　1刷発行

著　者	林檎
イラスト	彩月つかさ
編集人	春名 衛
発行人	倉次辰男
発行所	株式会社主婦と生活社 〒104-8357　東京都中央区京橋3-5-7 03-3563-5315（編集） 03-3563-5121（販売） 03-3563-5125（生産） ホームページ　https://www.shufu.co.jp
製版所	株式会社二葉企画
印刷所	大日本印刷株式会社
製本所	下津製本株式会社
デザイン	小菅ひとみ（CoCo.Design）
編集	黒田可菜

©Ringo　Printed in JAPAN　ISBN978-4-391-15891-5